集韻卷之三

翰林學士兼侍讀學士朝請大夫尚書左司郎中知制誥判秘閣兼判太常禮院羣牧使上柱國濟陽郡開國侯食邑二千一百戶賜紫金魚袋臣丁度等奉

敕脩定

平聲三

先第一 蕭前切與僊通　僊第二 相然切

蕭第三 先彫切與宵通　宵第四 思邀切

爻第五 何交切獨用　豪第六 乎刀切獨用

歌第七 居何切與戈通　戈第八 古禾切

麻第九 謨加切獨用　陽第十 余章切與唐通

唐第十一 徒郎切

一○先 蕭前切說文前進也一曰始也又姓文八　跣 蹁跣旋行皃一曰舞容　姍〔二〕姺 姍姍行皃一曰便姍衣婆〔三〕婆皃或作姺　⿰石先珗 石次玉也或作珗　⿰豕先 豕類　西 金方也　○千 倉先切說文十百也文十三　仟 千人之長曰仟　阡 路南北曰阡東西曰陌通作千　⿰田千 三里田爲⿰田千或書作圲　谸 博雅道也一曰〔四〕望山谷谸谸青也　芉 芉芉茂也　杄 木名　汘 說文水也　迁 〔五〕嫵謂之迁一曰伺候也進也表也　忓 方言自關而西秦晉之間呼好爲忓　帑 博雅頭帑〔七〕幧頭也　盰 盰〔八〕瞑

〔二〕姍　〔三〕婆　〔四〕望　〔五〕嫵　〔七〕帑　〔八〕瞑

〔九〕紙　〔一〇〕韉　鞁　〔一一〕毛　〔一二〕菁　〔一三〕濺濺　〔一五〕歧　〔一六〕籤

遥視奸女字○箋牋将先切說文表識書也一曰編也古者書紀其事以竹編次爲

之或作牋文三十四[艹淺]以色飾帋〔九〕通作牋帴小兒藉也韉〔一〇〕韀馬被具或

从戔从糸籛姓也毴羝〔一一〕屬[禾戔]棧趙魏之間謂粟之小者曰棧或作機棧

馢香木名或作[戔識]葏艸皃詩葏〔一二〕葏者莪李舟說瀳瀳水名一曰水至也或作瀳

濺〔一三〕淺濺淺淺水疾流皃或作淺濺通作碊諓巧言也一曰淺薄皃[辶盡]說〔一四〕文

自進極也一曰至也黇[黃戔]黃色或从戔轃〔一五〕䡩大車簀或作䡩戔戔戔猥積

皃一曰顯見皃碊博〔一六〕雜樺碊䃤也笘籤蔽絮簀或作籤臻至也亲榛

木名或作榛榗木名沮消沮小流○歬𠝣前才先切說文不行而進謂

〔一七〕籤　〔一八〕前　〔一九〕匾

之歬或作𠝣隸作前文十四媊說文甘氏星經曰太白上公妻曰女媊居南斗食厲天下祭之

曰明星葥艸名說文王彗也似藜可爲帚葏艸茂皃笘[竹洊]籤蔽絮簀〔一六〕也

或〔一七〕作[竹洊]籤籤細削竹也騚馬四蹢白謂之騚瀳水至也葥車葥〔一八〕藥艸

[糹前]織一番也○邊卑眠切說文行垂崖也或曰近也方也又姓文三十籩[匚邊]

[匚邊]〔一九〕說文竹豆也或从匚擂作[匚邊][氵邊][氵臱]水名出番侯山或省甂方〔二〇〕言自關而西

盆盎小者曰甂萹萹竹艸名[禾臱][禾邊]稨稹籬上豆或从邊亦作稨稹楄說文

牀版也編說文次簡也字林以繩次物曰編[亻邊][亻臱]身不正一曰傍也或省蹁

[足邊]行不正皃或从邊[走邊]說文走意蝙蟲名說文蝙蝠也猵獱獸名

〔二二〕葵狀　〔二三〕鬗

〔二四〕拖

〔二五〕或

〔二六〕蠙

〔二七〕白

〔三〇〕丨

說文獺屬或从賓 編 褰謂之編 楄〔二一〕 山海經堵山有〔二二〕木曰天楄方莖而類葵 鬗〔二三〕
紩也 糄 米也 鯿 鰫 魚名似魴或从賓 揙 擊也 扁 扁諸劍名吳王以葬
○蹁 徧 蒲眠切說文足不正也一曰柂〔二四〕後足馬一曰蹁躚旋行也或作徧文三十一 褊
褊襬衣皃 緶 編 說文交枲也一曰緶衣也或作編 萹 萹蓄艸木動皃 僊 傷
僊躚舞容或省通作蹁躚 胼 跰 胼胝皮堅或作跰通作骿 骿 說文并脅也晉文公骿脅
通〔二五〕作駢 𪘲 并齒也 揙 擊也 玭 理 瑸 珠名〔二六〕蝛作理瑸 賆 博雅益也
郱 縣名在郎邪 軿 婦人車四面屏蔽〔二八〕諸 𤬪 博雅曰〔二七〕𤬪瓜屬 栟 栟櫚木名
楄 說文楄部方木也引春〔二九〕秋傳楄部薦榦一曰木名食之不噎 𨁈 下〔三〇〕廣也 苹

集韻平聲三　二

〔三三〕臱　〔三四〕鬗

〔三五〕染

〔三九〕僆

〔四一〕也　〔四二〕眞

集韻平聲三　三

車名所以對敵自蔽隱者 牑 牀版 駢 說文駕二馬也 併 列也 扁 圜皃 紕
繝布 蝙 魚名 諞 說文便巧言也引周書截截善諞言論語友諞佞 ○眠 瞑〔三一〕
民堅切說文翕目也或作瞑文十九 矈 矏 說文目旁薄緻矈矈也一〔三二〕曰密也或作矏通作臱
臱〔三三〕 說文宀宀不見也謂人處深室 鬗〔三四〕 紩也 𥧌 說文𥧌𥧌不見也一曰𥧌𥧌不見省
人徐鍇曰室無人也 瞑 埤倉注意聽也 鬗 說文〔三五〕髮皃一曰燒煙染眉謂之鬗 瞞
瞞然慙皃 冥 顛冥迷惑也司馬彪說〔三六〕 櫋 說文〔三七〕屋櫋聯也 覭 病視 懪 忘也
〔三八〕𠊳 邪行 顯 博雅健〔三九〕顯攣也一曰美也 謾 慧黠也 慏〔四〇〕 覆也儀禮士喪慏目
用繒 𡐓 所以〔四一〕平地 ○顛 多年切〔四二〕說文頂也亦姓俗作顚非是文二十一 巔 眞

〔四三〕病七一曰　張
〔四四〕右顗右頾　最
〔四五〕𪓰
〔四六〕𠀘
〔四七〕祅

山頂也或省　𠑺傎倒也或省　蹎說文跋也　趚說文走頓也　瘨癲
說文腹〔四三〕張也一曰狂也或从顛　齻牙兩畔〔四四〕長者儀禮左右齻　騹馬顙戴星謂之騹通作顛
驒驒騱馬屬一曰白馬黑毛　䨿雨聲一曰雨甚　滇說文益州池名　槇說文
木頂一曰仆木也　𠩄厧塚也或省　蕻艸末　𥨪高遠也　鷏鳥名　𪓰〔四五〕
𪓰鼅鼄類似蜘蛛出遼東土人食之　○天兲𠀘〔四六〕他年切說文顛也至高無上一曰刑
名剠鑿其額曰天古作兲唐武后作𠀘文十一　吞咽也又姓漢有吞景雲　誕誕譂言不
正也　芺艸名　䀖視也　訞訶也　沮消沮小流　黇黃白色　祆
胡謂〔四七〕神爲祆　○田亭年切說文陳也樹穀曰田象四口十阡陌之制也又姓文三十七　佃

〔五〇〕沔
〔五二〕墠

治土也古者一夫一婦佃田百畝一曰古卿車　畋𤝗甸𢿍說文平田也〔四八〕引周書畋爾
田或从犬亦作甸𢿍　窴塡鎭說文塞也或从土亦作鎭　闐說文盛皃〔四九〕　輷
輷輷車衆聲或从田通作顛闐　𪔂𪔂𪔂鼓聲　磌博雅磌礩磌礩也一曰石落聲
畇地名在絳　眴目皃大戴禮人生三月目眴然有所見　嗔說文盛氣也引詩振
旅嗔嗔　䐢聲盈耳也　譂誕譂言不正　搷擊也引也揚也　𨂿蹎地聲
鈿鎭金華飾亦作鎭　沺水勢　滇滇污〔五〇〕大水皃　獮獸名貙屬　稹
槇木根相迫也或从木　顛憂思皃禮色容顛顛　鷏鳥名蚊母也俗說此鳥常吐蚊
因以名云　廛〔五一〕久也通作寘塡　瘨病也　墠陼名山海〔五二〕經青要之山南望墠陼一曰人

【五三】日

【五四】總

名漢匈奴曰【五三】逐王先賢撣 驒廣雅驒騱馬屬 佃地名 軥軥軥喜動皃 瞋
眠瞋低目皃 ○秊年𡕑寧顛切說文穀熟也引春秋傳大有秊或作年唐武后作
𡕑亦書作秆文七 ⿰秊阝⿰年阝說文左馮翊谷口鄉或作⿰年阝 ⿱竹然竹名 姩女字 ○
蓮靈年切說文芙蕖之實也文十四 憐怜說文哀也或作怜 ⿺夊粦⿺夊粦寒具
干寶曰司徒儀吏死祭用⿺夊粦⿺夊粦 ⿰嬴阝⿰嬴連⿰嬴阝⿰阝婁縣名在【五四】交阯或从連 零先零西羌名 瞵
怒目皃一曰以目隨 泠㲠毛長總結也周禮羊泠毛而毳饘徐邈讀或作㲠 譂噒
誕譂言不正或作噒 嫾女字 苓艸名 ○堅經天切說文剛也一曰固也又姓文
二十五 熞灼鐵淬之 鋻剛鐵也 緊⿰糸臣緊也或作⿰糸臣通作堅 ⿰巾堅布名

【五五】任

【五六】干

【五七】耆

【五八】龍

【五九】茂

出東萊 ⿰扌玄縣名在東萊 肩肩說文髆也一曰在【五五】也克也【五六】或从戶又姓 鈃
闕人名六國時有宋鈃 幵說文平也象二干對構上平也一曰羌名 枅椾屋櫨也或
作椾 鳽雃鳽鳽鳥名鵁也或从隹 鳽鳥名說文鵁鶄也 ⿱幵龍【五七】說文龍耆脊上⿱幵龍
⿱幵龍亦書作龓 麉說文鹿之絕有力者亦書作麉 豣猏豜說文三歲豕肩相及者引
詩並驅从兩豜【五八】或作猏豜 鰹魚名爾雅鰹大鮦 趼久行傷足謂之趼 菺艸名
茂葵也 顅長脰皃一曰頭少髮皃 ○牽掔摼輕煙切說文引前也亦姓
古作掔摼文二十五 幵羌謂之幵一曰平也 縴縴䌖惡絮 掔固也擊也牽也 岍
山名在雍州或作開通作汧 汧說文水出扶風汧縣西北入渭爾雅汧出不流謂水

［六二］麉

［六三］膝

［六四］祆

泉灊出自停成汙池一曰水決入澤中者　邢　地名在河内周公子所封［六〇］　雃鳽　說文石鳥
一名雝鷅一曰精劉引春秋傳秦有士雃［六二］或从鳥　麉［六一］　鹿之絕有力者亦書作麓　蚈　蟲名
螢火也　枅　屋櫨也　豣豜　獸三歲曰豣或作豜　猏　犬名　顅　長脰皃
牼　牛膝［六三］下骨也　𥳑　户板謂之𥳑䉤　臤　堅也　茾　秦茾藥艸　趼　獸跡也
俓　忮恨也急也　○祆［六四］　馨煙切說文胡神也唐官有祆正一曰胡謂神爲祆關中謂天
爲祆文三　訮　說文諍語訮訮也一曰怒也訶也　屳　說文人在山上　○賢臤
贒　胡千切說文多才也一曰善也大也又姓古作臤贒文三十二　𡟰妶　說文有守也亦
省或書作𡟰　㤡　說文急也河南密縣有㤡亭　𧼐𧺝　說文急走也或省　伭

［六七］𢏗弓

［六九］湝

［七〇］𡪹

［七一］籀

集韻平聲三

說文很也一曰亭名在安邑　𡁆　難也聲也　誸　言急莊子謀稽乎誸一曰堅正　𢫔
縣名在東萊　弦　說文弓弦也從弓象絲軫之形又姓　絃［六五］　八音之絲也通作弦　𢡛
說文布出東萊　𠜖　自刎頸謂之𠜖也　痃　癖病也　舷　船邊也　礥𡁆　難也
太玄有礥首一曰地險也或作𡁆　胘　說文牛百葉也服虔說有角曰胘無角曰肚一曰胃之厚
肉爲胘　蚿　馬蚿蟲名　蜆呩　蟲名爾雅蜆縊女謂小黑蟲赤頭喜自經死或作呩　衒
箭笴　𦲖　說文艸也　𢏗［六七］　說文弓盭也　肩　羸小皃一曰直皃莊子其脰肩肩李
頤讀　弆［六八］　吳王孫休子字　泫　混［六九］流一曰泫氏縣名在上黨　盷　大目一曰國名　玹
姓也　○煙烟𡪹［七〇］𡫴𡇒　因蓮切說［七一］文火氣也或从因古作𡪹籒作𡫴𡇒文二

【七二】燕　【七三】跂　【七四】身　【七五】傳　【七六】赦　【七七】熟

十六燕【七二】國名鄚說文地名閼匈奴謂妻曰閼氏橪⿰木垔橪支木也一曰
橪支香艸或作⿰木垔咽胭⿰口垔⿰月垔說文嗌也謂咽喉也或作胭⿰口垔⿰月垔驠馬名
爾雅白州驠湮落也塞也⿱竹燕竹名禋祀天也詩頌肇禋徐邈讀闉曲也
莊子闉跂【七三】司馬彪讀歅闞人名莊子有九方歅⿰犭因獸名如牛四角白首【七四】珚玉名
山海經傳【七五】山多珚玉⿰虫垔蟲名⿰因刂剜也嬿女字亦書作嬿⿰麥垔⿰麥垔赦【七六】婦人面飾
〇妍倪堅切說文技也一曰不省錄事也難侵也惠也安也文十三研說文䃺也硯
闞人名越有計硯通作研揅說文摩也趼蹄平正也爾雅騉蹄趼通作研俓急也
⿱幵皿椀也雃石鳥也鳽鵁鶄也栞博雅熟【七七】也汧淨也幵

【八一】作　【八二】呼　【八三】瞏

平也麉鹿有力〇涓圭玄切說文小流也引爾雅汝為涓亦姓文二十四⿰酉肙【七九】
說文⿰酉肙【八〇】酒也蠲蟲名說文馬蠲也引明堂月令腐艸【八一】為蠲一曰明也潔也鵑⿰肙隹塢鵑
鳥名或从隹⿱艹肙⿱艹玄⿱艹肙明艸名祭以為藉或从玄⿰禾肙⿺麥肙蠲說文【八二】麥莖也或竹⿺麥肙
蠲睊睊睊側目相視皃焆明也蜎蜎蠉巧蟲鞙馬勒鉉鼏
舉鼎也亦作鼏淵鼓聲詩鞉鼓淵淵狷有所不為也瓹陶器泫泫氏
縣名在上黨⿸尸肙尻也梋盂屬一曰車環⿴行肙車搖也⿰舟侖船前桄〇鋗
火玄切說文小盆也一曰無足鐺文十二梋盌也圓說文規也瞏【八三】博雅視也譞
譞多言也或作譞⿱娟子⿱肙子貪色或省駽說文青驪馬引詩駜彼乘駽弲【八四】

[八七] 騃言聲
[八八] 頍
[八九] 覀升
[九〇] 閔
[九一] 淵𣶒
[九二] 回水

廣雅彈弲弦也㤙急也鞙馬勒○[八五]玄𢆯胡涓切說文幽遠也黑而有赤色者
爲玄象幽而入覆之亦姓古作𢆯文二十六[八六]玆黑也泫困泫水深廣皃一曰水名縣
懸說文繫也或从心𥌒目瞳子黑訇𧦝說文漢中西城有訇鄉或作訇胘
牛百葉[八八]𩔊顯後眩惑也一曰視不明眴眴瞑大目伭伭很也或作
伭[八九]畁吳王孫休子字玹玉色一曰石次玉駽馬一歲名一曰馬黑色[九〇]閔
試力士錘誸急也蚿馬蚿蟲名狗獸名似豹而文少妶女名𤞣
性褊急也獧犬疾躍也儇慧也○[九一]淵𣶒囦𣶔縈[九二]玄切說文罙也从
水象形左右岸也中象水皃一曰深也古作𣶒囦𣶔文二十六𢐧弓隈也通作淵痟骨酸

[九三] 鼝
[九四] 肙
[一] 僊
[三] 升ア
[二] 貉

也弲說文角弓也洛陽名弩曰弲剈剈剈說文挑取也一曰窐也剜也[九三]或
从因古作剈鼝鼝咽鼝說文鼓聲也引詩鼝鼓鼝鼝[九三]鼝或作鼝咽鼝亦書作鼝肙
肙說文小蟲也一曰空也隸作肙嬛博雅好也一曰嬛嬛美容䢾說文行皃巂
說文鳥雟也蜎蜎蠉井中小蟲也亦姓蜵蜎蜵巧蟲名悁忿也魯連曰棄
忿悁之節裫衣曲也棩木曲也焆火皃娟女字○狗崇玄
切獸名似豹而文[一]少文二趯疾走
二○僊[二]僊相然切說文長生僊去隸作僊通作仙文二十[三]九仙木名出祁連
䙴䙴外高也或从丁鮮說文魚名出貉國一曰鳥獸新殺曰鮮又曰善也亦姓鱻

〔四〕鱻
〔五〕毴
〔七〕簡
〔八〕遷　拪
〔九〕𦥛䙴𦦇升舁卩隸
〔一〇〕邗

說文新魚精也从三魚不變 鸖 鳥名似鶴碧色 毴 䮶雅毴毴罽也 蹮躚𨇽 蹁蹮猶蹣跚也或省亦作𨇽 硟 擣繒石 廯 廩也 私秈籼𥞊 方言江南呼稉爲秈或作秈籼𥞊 苮 艸名如莞 𥳾 户板謂之簡一曰竹名 𡾂 小山別大山曰𡾂通作鮮 𥮉 竹名 仚 山居長往也 𡴭 地名 綫 縷也 𡛷 女字 癬 瘍也 𧞐 褊𧞐衣皃 䕭 蔄䕭艸木動皃 ○𨗈遷拪抐 親然切說文登也隸作遷古作拪抐文十八 𦥛𦦇䙴𡌨 說文外高也从舁囟卩聲或从丁隸作䙴古作𡌨𦦇 𨞑邗 說文地名或作邗 韆 鞦韆北方山戎戲以習輕趫者 櫏櫏杄 棫櫏木名子如馬乳或作櫏杄通作遷 䉦 箬䉦竹名 𤺂 痛也

〔三〕脟
〔四〕汎
〔五〕臭
〔七〕桷
〔八〕挻

㩜 揷也 ○煎 子仙切說文熬也文十 葥 說文艸皃 湔 說文水出蜀郡緜虒玉壘山東南入江一曰手瀚也洒也傍沾也 鬋 女鬢垂皃 𡱝 窘也今俗有𡱝㞘語 㡛 說文幡幟也亦書作㡛 翦 淺色周禮翦翦繁鷦纓 媊 女媊星名 𥻃揃 箋識也或从手亦書作揃 ○次㑆涎㳄漾 徐連切說文慕欲口液也或作㑆涎㳄漾亦書作㳄文六 唌 說文語唌嘆也 ○錢 財仙切貨泉也一曰田器亦姓文六 蝬 鑖蟬 蟲名或从錢亦作蟬 碊 坂也 濺 汎也 ○羴羶𦏧膻 尸連切說文羊臭也或作羶𦏧膻文十九 挻 說文長也方言楚部謂取物而逆曰挻一曰揉也 梴 木長皃詩松桷有梴 埏 和土也通作梴 搧 批也 扇 搖翣也 煽

〔一九〕䄻

〔二〇〕鼻

〔二一〕兔

〔二三〕鬻䰝鬲鬻

火盛也　脠醬生肉醬者曰脠　鋋魚醬也　䄻說文車溫也一曰巾也一曰帑䄻牛領衣〔一九〕

顫〔二〇〕鼻徹爲顫謂審於氣臭也　䀽博雅更也　𨑹行也　猭獸名似〔二一〕兒　偏

盛也〔二二〕烻光也　○燀稱延切炊也文六　獮犬噬也　僤地名在魯〔二三〕春秋

傳歸讙及僤　嘽嘽咺迂緩皃　幝車敝皃　闡開也明也　○饘鬻

餰飦𩜹鬻𥻖餍餍糰鬻諸延切說文麋也周謂之饘宋謂之餬或作鬻餰飦𩜹鬻𥻖餍餍糰鬻文二十八

旃旜襢說文旗曲柄也所以旃表士衆引周禮通帛爲旃一曰之也亦姓或作旜襢

栴𣗳栴檀香木名或作𣗳　氈說文撚毛也

鸇𪈼䳠鳽鳽鳥名說文鷐風也籀从廛或从隹古作鳽鳽　𩓚

〔二四〕頟

𩓚方言頟〔二四〕江湘之間謂之𩓚或从栞　鄄地名在衛通作甄　𪀦𪀦鳥山名　𢎭

弓辭　甄察也勉也　○山所旃切土高有石曰山文一　○鋋時連切說文小矛也

文十五　單爾雅太歲在卯曰單閼一曰匈奴酋長曰單于姓攣鞮氏單于廣大皃言象天單于

然　禪靜也浮圖說　嬋嬗嬋娟美容亦作嬗　儃僤態也或从單　撣

博雅撣援牽引也　蟬蟺說文以旁鳴者方言蜩秦晉謂之蟬或作蟺　澶說文澶淵

水在宋　埏地際也　亶亶爰山名　𨎽輾轢車輞　繟繟聯不絕皃　○潺

鋤連切水流皃一曰水聲文八　孱說文迮也一曰呻吟也臱州人謂懦弱曰孱　虥虎淺

文　鏟小鑿　𨎽車輞　𡎺𡎺門聚名在睢陽　㰔栗屬　鬜鬢禿　○

【二五】也　【二六】肳　【二七】⿰目⿰火犬

【二八】猿

【三二】長木

然難　如延切說文燒也一曰如也又姓古作難通作蘸俗作燃非是文十五　嘫　說文語聲也一曰【二五】譍　蘸⿱艹鸛　說文艸也或作⿱艹鸛　肰肳【二六】⿰月⿰火犬【二七】　說文犬肉也古作肳⿰月⿰火犬　⿰犭然　猓⿰犭然猨【二八】屬色青赤有文　⿰然鳥　鳥名　嬿　姓也蒼梧有嬿氏　繎　說文絲勞一曰紅色　⿱竹然　竹名由吾也　⿱艹然　野豆　錕　車釭　○邅亶儃　張連切屯邅難行不進皃或作亶亦从彳文九　䡡　說文趁也　驙　說文駗驙也引易乘馬驙如一曰白馬黑脊驙一曰馬載重難行　鱣⿰魚⿱亶虫⿰魚廛【二九】　魚名說文【三〇】鯉也或从虫从廛　澶　水靜皃　○脠　抽延切說文生肉醬也文十六　鯅　魚醬　延　說文安步延延也　鋋　長引也　挻　博雅長也一曰逆取物　梴　說文【三二】長木也引詩松桷有梴方言碓機自關而

【三三】⿰犭然　【三四】諼譠

【三五】⿺走亶

【三六】衵襢禪

【三七】𨇁展　【三八】厘

【三九】沐腄　【四〇】⿰犭然

【四一】睢

東謂之挻　⿰犭緜【三三】　⿰犭緜猭獸走皃　鏈⿰石連　銅屬一曰卝也或从石　譠【三四】　博雅譠謾欺也　狿　獸名　邅【三五】　相顧行也　⿰革延　鞮也　⿱連心　泣皃　烻　光也　猭　獸名似兔【三六】　○纏繵緾　澄延切說文繞也一曰束也又姓或作繵亦省文二十　襢　衵襢禪也　𨇁𨅲【三七】　說文踐也或从展　⿺走亶　轉也　廛墰壇厘【三八】鄽　說文一畝半一家之居一曰廛市物邸舍或从土亦作壇厘鄽　闤　市門　瀍　水名出河南北山入于河　澶　水名在衛一曰【三九】水皃　⿰虫廛　蟲名方言守宮【四〇】秦晉謂之蠦⿰虫廛　撣　相纏不去也太玄提禍撣撣　腄　沐【三九】腄罔象别名　⿰犭緜【四〇】　⿰犭緜猭犬走皃　⿰土廛　【四一】聚名在桂陽　○連璉　陵延切說文負連也一曰連屬又姓古作璉文二十四　謰嗹　說文謰謱也或从口

〔四三〕聯
〔四四〕㶌
〔四五〕籢
〔四六〕𤢽
〔四七〕木
〔四八〕壣
〔四九〕甄
〔五〇〕勉
〔五一〕⿰礻禹
〔五二〕彇

聯〔四三〕說文連也从耳耳連於頰也从絲絲連不絕也翴博雅翴翻飛也漣風行水成
文曰漣⿱連心說文泣下也引易泣涕⿱連心如通作漣僆僆孿生也一曰僆僂不相及㶌〔四四〕
山海經㶌水出王屋山西北流注于秦澤鏈⿰石連說文銅屬或从石槤籢〔四五〕也一曰木名
一曰門持關謂之槤令令居縣名在金城郡〔四七〕嫾嫾娟眉細長皃⿱聯齒說文齒見皃
𤢽〔四六〕𤢽貗獸走皃鰱說文魚名梴長皃⿰黍連⿰黍樂禾也縺縺縷不解
⿰虫連蜷⿰虫連蟲皃壣〔四八〕壠也𩟸𩟸饅寒具○甄〔四九〕稽延切說文匋也一曰察也免〔五〇〕
也亦姓文九⿱艹甄艸名豕首也鄄地名通作甄⿱竹甄⿱竹甄謂之⿰禾禹〔五一〕鸇鶉屬
⿰甄鳥穆天子傳⿰甄鳥鳥山名⿰弓亜廣雅彇〔五二〕⿰弓亜⿰角辟也⿰垔見視皃栞識也入山刊木以識

集韻平聲三　十三

〔五五〕𨒦
〔五六〕莚
〔五七〕丈
〔五八〕北燕
〔五九〕廬
〔六〇〕說

集韻卷三　十二

道也○嘕〔五三〕嘘虛延切博雅樂也一曰笑皃一曰嘕嘕喜也或从虗文七嫣好皃一曰
長也⿱罒長〔五四〕大皃⿱公山輕舉也⿰亶羽⿰亶飛⿰亶羽⿰亶羽飛也或从飛○延夷然切說
文長行也一曰陳也及也又姓亦州名文十八⿺辶羨行皃一曰遮遏邅〔五五〕相顧視而行也或書
作⿰目延埏羨登也方也墓道也或作羨莚〔五六〕艸名一曰莚蔓相連屬皃筵說文竹席
也引周禮度堂以筵筵一文〔五七〕郔說文鄭地綖冠上覆通作延⿰衤延帑⿰衤延牛領上衣
一曰車溫鋋小矛也蜒蟲名方言燕〔五八〕北謂易析曰祝蜒一曰蝘蜒獸名一曰蜿蜒龍皃
狿獸名⿸广虘〔五九〕也衍進也周禮望祀望衍鄭氏讀挻取也周也⿰虫衍蚰⿰虫衍蟲名
亦書作蜑通作蜒唌唌唌讒急〔六〇〕皃娫女字○漹尤虔切水名文三⿰虫焉

【七六】特

【七七】藜

【七八】猿

【七九】㼐

十八 諞辯佞之言 偏徧說文頗也又姓史游章有偏呂張亦作偏 㾱說文半枯

也公孫綽有㾱枯之藥以起死者 頨說文頭妍也从頁翩省 媥說文輕皃 扁

扁峙【七六】也古作扁 翩說文疾飛也一曰翩翩往來皃 鶣鶣鷁輕皃 萹艸名

爾雅竹萹蓄似小藜【七七】赤莖節好生道旁可食 猵猵狚獌【七八】類一曰非類爲牝牡也 甂說文

似小瓿大口而卑用食 覑斜視 ⿰扁刂削也 ⿰弓扁弓反張也 編列也 ○便

毗連切說文安也人有不便更之一曰便便辯也亦姓文十三 平平平辯治也 ⿰口便辯

巧言也亦作辯通作便 㛹㛹娟美麗皃 緶博雅緶也 楩木名似豫樟 箯

說文竹輿也 ⿰虫便⿰虫便蠽蟲名沙蝨也 鯾說文魚名 ⿰豸便【七九】猪也 ⿱艹便⿱艹便蘰艸名

【八四】蚵

一

【八六】鷂

【八七】亘

【八八】顒 顢

⿰⻊便行皃 ○緜綿彌延切說文聯微也一曰纊之別名又姓亦州名或【八一】从糸文二十三

棉 柄【八〇】 楄木名出交阯可爲布或作柄楄 矊矊矊目瞳子黑 宀說文交覆

深屋也【八三】 謾 ⿰言帛慧黠也一曰欺也或作【八四】⿰言帛 ⿰亻緜⿰亻緜⿰亻緜低皃 芇折賄也一曰相當

蝒 ⿰虫面蟲名說文馬蜩也或作蝒 ⿰虫丏說文蚈蚗蟬屬 槾木密皃 緍 緍

緡蠻小鳥皃或作緍【八五】通作緜 窅窅然猶悵然李頤說 媔目美皃 櫋木名有子

似栗 ⿰糸丏細也 ⿰女緜 婂女字或省 ○⿰亶鳥尸仙切字林鷂【八六】屬文二 搴引取

也史記搴長茭 ○宣 宣荀緣切說文天子亘【八七】室也一曰徧也揚也通也古作亘文二十 揎【八八】

揎 擐手發衣或作揎擐 愃江東呼快爲愃 蝖蟲名 ⿰宣鳥⿰宣鳥⿰宣鳥小鳥 ⿰亘頁

〔八九〕循　〔九〇〕回

〔九一〕揀

〔九二〕胞

〔九三〕持

𩈴圝圓面也或作顐圝　朘縮也　瑄璧大六寸也通作宣　翧翔也　鍹
銚也　𢍏博雅表〔八九〕也一曰手循　亘說文求亘也从二从〔九〇〕回象亘回形上下所求物也徐鍇曰
回風回轉所以宣陰陽也　剶削也　吅呼聲　媗女字　○詮逡緣切說文具
也一曰擇言一曰解喻也文二十八　銓硂說文衡也一曰度也或从石　拴揀〔九一〕也通作
詮銓　痊病除也　佺說文偓佺仙人也　跧屈伏也　悛說文止也　駩
爾雅白馬黑脣駩　絟說文細布也　筌取魚竹器　譔說文專教也一曰殊也
謜語和也　縓絳色　恮說文謹也　荃艸名〔九二〕說文芥肥也　栓木名
如餘甘　繏所以縣〔九三〕持也　剶釗削也或从全　峑山頂也　匴方言

集韻平聲三　十三

〔九四〕篿

〔九五〕蕃　庠

〔九六〕或从夋

〔九七〕旋

〔九八〕稔

〔九九〕鏇　〔一〇〇〕璿璚𩐅叡

〔九四〕篿或謂之匴璇一曰竹器　栓博雅盃也一曰釘也　鏇說文所以鉤門戶樞也一曰治門戶
器　輇〔九五〕車下庳輪謂之輇　竣退也國語已事而竣一曰改也　䀒目不明也　姾
女字　○鐫鋑遵全切〔九六〕說文穿木鐫也一曰琢石也俗作鎸非是文五　朘縮也　剶
削也　睃闕人名漢有魯文王睃　○旋〔九七〕旬宣切說文周旋旌旗之指麾也一曰疾也文
三十四　還𢔰睘復返也或从彳亦作睘通作旋　櫏木名〔九八〕說文櫏味稔棗　檈
說文圜案也一曰以繩轉軸裁木爲器　鏇〔九九〕轆轤也　璿〔一〇〇〕璚𩐅叡琁
璇瓊瓗說文美玉也引春秋傳璿弁玉纓古作璚籀作𩐅叡或作琁璇瓊瓗　𦞑
博雅短也一曰便旋小皃或省　嬛續也一曰輕舉　颴風回也　漩𣻓

〔一〇三〕匢

〔一〇四〕虵

〔一〇五〕謹

說文回泉也或不省蠡蜁〔一〇二〕蟲名博雅沙蝨蠠蠡也或省圓圜說文規也或作圜
〔一〇三〕匢簞也嫙䁢說文好也或从目㨯引也𪀦𪀦目水鳥通作旋儇
姓也黄帝之後梋椀謂之梋一曰車環䲂魚名出梁州暶明也○全全
〔一〇三〕𠓝從緣切說文完也一說純玉曰全又姓或作全古作𠓝文二十五䀇目眇視也牷
說文牛純色泉𤅱洤說文水原也或作𤅱洤𧒌貝白質黄文曰餘𧒌通作泉
蟤蜿蟤地〔一〇四〕名騡駩白馬黑脣或从全鰁魚名還旋復也書還歸在
豐徐邈讀或作旋純投壺禮二筭爲純慱爾雅慱慱憂也郭璞讀恮懽〔一〇五〕也
匢簞也蒃羊蒃艸名絟布細者曰絟顮圓面𠥐箕也姾

集韻平聲三　十六

〔一〇六〕穴

〔一〇七〕虞

〔一〇八〕濬

〔一〇九〕磬

〔一一〇〕嫥　可

女字跧行曲○穿穿昌緣切說文通也从牙在〔一〇六〕穴中或从身文九川說文
貫穿通流水也引虞〔一〇七〕書濬畎澮距川言深畎澮之水會爲川也釧車釧𤅱泉流也竁
穿地也周禮甫竁鄭少贛讀紃字林圜緣縚也𤦡玉也耑磬穿〔一〇九〕也○專
朱遄切說文六寸簿也又姓文二十二叀𡴃𠧢說文專小謹也从幺省中財見也古
作𡴃𠧢通作專顓顓說文頭顓顓謹皃亦姓嫥𡟯說文〔一一〇〕壹也一曰女嫥嫥一曰
愛皃或省諯讓也數也鄟邑名鷒鸛鷒鳥名鱄魚之美者亦姓甎
𤭢塼燒墼也或从耑从土𤪠玉名篿楚人謂折竹卜曰篿一曰竹器膞
鳥胃湍漙水名出鄜縣或从專摶剸擅也一曰并合制領也或作剸通作叀專斷

【二一】沿　【二二】以　【二三】以

【二四】槫

【二五】鍾

【二六】舩　【二七】堧

【二八】襧　【二九】捘莎

【三〇】一　【三一】犉

斷首也○遄淳沿[二一]切說文往來數也引易㠯[二二]事遄往文十六篅圌說文[二三]判竹圜以
盛穀也一曰竹器或作圌輇輲槫團說文蕃車下庳輪也一說無輻曰輇或从耑亦
作槫[二四]團⿰木遄椯說文木也或省亦書作耑歂說文口氣引也亦姓諯相讓也膞
甎陶人作器具周禮器中膞或作磚⿰耑瓦江東呼盆曰⿰耑瓦叀小謹也塼紡[二五]鍾○船食川
切說文舟也方言自關而西謂之船又姓或書作[二六]舩俗作舡非是文三膞鳥胃⿰目專目動
也○⿰目耎⿰田耎[二七]堧壖而宣切說文城下田也一曰㬉郤也一曰游地或作⿰田耎瑌壖文
十九⿰衣耎袻衣縫[二八]襴也一曰緣也或省撋擩㨎捼[二九]煩撋猶捘莎也或作擩㨎
捼瓀瑌珉也或从耎繎[三〇]絲難理曰絲勞蠕蟲行皃[三一]犉⿰牛專黃牛

集韻卷之三

黑脣曰犉或作⿰牛專⿰扌丙博雅[三二]拴也⿰夾隹鳥名[三三]博雅雞雞也瞤目動[三四]○栓所貞
切博雅栓橙[三五]金也文三⿱⺮奉[三六]治車軸也欄豎木杙○恮莊緣切曲卷也文六
跧說文蹴也一曰卑也蹙也䀡目眇視蟤蜿蟤龍屈皃佺偓佺仙人
名勬彊健皃○⿺辶全[三七]珍全切⿺辶全邅行不正皃文一○觲[三八]火全切角俯仰
也文一○鐉椿全切所以鉤門戶樞也文四猭逯獸走皃或从辵剶博雅
剔也○椽重緣切說文榱也文五[四〇]傳說文遽也一曰轉也縳[四一]卷也掾
陳掾馳逐也司馬正[三九]說⿰犭䜌猭獸走皃○孿⿱䜌免聯閒貞切說文係也或
作⿱䜌免聯文十七䜌⿱䜌夂[四二]說文亂也一曰治也一曰不絕也一曰南䜌縣名屬鉅鹿古作孌⿰足䜌

集韻平聲三

【三三】⿰翏隹　【三五】釘　【三六】篿

【三七】邅　【三八】觧

【三九】貞

【四〇】⿰犭䜌　【四一】閭

【四二】⿱䜌弓

[一三三]臠　腸也
[一三四]𤻮　[一三五]瘦
[一三七]出
[一三八]射
[一三九]王
[一四〇]獮　[一四二]巡　[一四三]把
[一四三]遾

躒踞足病　癵　𤻮　癵　𤸦　病體拘曲也或作𤻮癵癵通作攣　蠻　蠻蜛蟲名　臠[一三三]
臆臠驢馬腹腴　奱　孌　𤻮[一三四]　說文樊也或作孌𤻮　𦽏　艸名皃葵也　臠　瘦[一三五]皃
○沿　余專切說文緣水[一三六]而下也引春秋傳王沿夏文二十一　鉛　說文青金也　櫞
楳[一三七]名似橘山交趾　捐　說文棄也　鳶　鳶　鳶　說文鷙鳥也或从弋亦作鳶　鳶
鳶[一三八]尾艸名夜汗也　寽　以手循也　蝝　蟲名說文復陶也一曰蚍蜉子一曰蝗子　緣
因也一曰衣飾　鰁　魚名[一三九]　䬲[一四〇]　高也　允　允吾縣名在金[一四一]城郡　玧　玧瑶[一四二]夷充耳
脠　短也　猭　猭貒兔奔[一四二]　巡　相循也　掾　杷[一四三]也　梋　車環謂之梋　船
舟也　○翾　䎗　翾　𩥇緣切說文小飛也或作䎗翾文十六　儇　說文慧也一曰

[一四四]譞　[一四五]雒
[一四六]籀从前　[一四七]窈弦　[一四八]媚
[一四九]員
[一五〇]从負
[一五二]幀

利也一曰舞皃　譞　說文譞[一四四]慧也　弲　角弓也一曰雒[一四五]陽名弩爲弲　蠉　蜎　蟲行
皃一曰井中小赤蟲或从肙　趯　疾走　嬛　說文材緊也引春秋傳嬛嬛在疚一曰便嬛輕
麗　頨　頭妍也　䁪　目童子黑　澴　漩澴波涌起皃　懁　辡急也　獧
疾也　龘　龍背堅骨　○娟　縈緣切美皃文十一　嬛　便嬛輕麗　悁　𢙇　說文
忿[一四六]也一曰憂也籀从心　峭　山阿　潫　潫[一四七]水深也　圎　規也　蜎　井中蟲名
睊　視也　嬽[一四八]　眉皃一曰好也　蝹　蝹蝹龍皃　○員　鼏[一四九]　于權切說文物數也
徐鍇曰古以貝爲貨故數之櫑从鼎文八　圜　圓　說文天體[一五〇]也一曰全也或作圓　湲　潺湲
水流皃　篔　篔簹竹名　隕[一五一]　均也　約　采成文曰約　○嬽　紆權切說文好

〔五二〕彊健
〔五四〕鄮
〔五五〕逺
〔五六〕䀒

也文三濚𣽎濚大水蝹龍皃○𢤱免貟切恐也文二謾欺也○
勬勸〔五二〕駒貟切勸力也一曰健皃或作勸文三僒困也漢書僒若囚拘蘇林讀○
卷驅圓切縣名在河南一曰〔五三〕冠武文十八絭弮弩弮或从弓彏弓曲也
𣅈纗博雅幘也一曰小兒帽或作纗棬桊𥁕圈𥂠屈木盂也或作
桊𥁕圈𥂠鬈長也酄〔五四〕鄉名在聞喜縣拳拳拳奉持皃埢圜墻也錈
屈鐵𥳑揉竹腃身曲皃○權連貟切說文黃華木也〔五五〕一曰反常一曰稱錘又
國名亦姓俗从手非是文五十一拳說文手也一曰拳拳𢝊也一曰愛也亦姓矔䀒〔五六〕
𤸶手屈病惓惓惓謹也狋獾狋氏縣名屬代郡或从雚𦏺𩓥說文

〔五九〕脊
〔六一〕牡
〔六二〕缺
〔六四〕彤
〔六五〕收

曲角也一曰羷羊角三币爲𦏺或从頁〔五七〕顴髖輔骨曰顴或从骨〔五八〕臛博雅臛睽醜也
𧾅𧼯說文行𧾅趢也〔五九〕一曰行曲脊皃或从卷〔六〇〕踡𨇨踡跼不伸也或从雚婘
𡣍𡤇博雅好也或从雚从關貛獾壯狼或从犬犈爾雅牛〔六一〕黑脚犈蠸
說文蠸也一曰大螯也埢埢垣曲墻也齤𪘁說文缺齒也一曰曲齒一曰笑而見
齒皃卷𢐒曲也一曰縣名或从雚或省鸛鸜䳁鸛鴝鳥名或作鸜鸛〔六三〕夐
覌大視也或作觀𥂠圈〔六六〕盂也或作圈彏弓曲謂之彏虇蓶葦之類
初生者皆曰虇蜷蟲名詰屈也爟烽火捲說文氣勢也引〔六五〕國語有捲勇一曰牧
也治也腃吻也僒肩傴皃輇量度也莊子輇才諷說鬈說文髮好

〔一六六〕大
〔一〕鱅
〔二〕嵾
〔三〕眹
〔四〕颾
〔六〕炳
〔七〕紹　鼦　⿰鼠刀

也引詩其人美且鬈一曰鬈曲卷囊有底曰卷巏巏務山名在柏人城東北⿰糹雚
布名出蜀戾〔一六七〕犬兒⿱中火蟲入火兒容深通川也⿰巛雚爪轉也
三○蕭先彫切說文艾蒿也一曰肅也亦國名又姓文二十五簫箾鱅〔一〕
說文參〔二〕差管樂象鳳之翼或作箾鱅櫹橚橚槮艸木盛兒或从潚彇彇弓弭頭也
或作蕭通作簫𢹬⿰扌蕭擊也或从蕭瞍目有眹〔三〕無珠子曰瞍瀟潚瀟潚風雨
暴疾兒一曰水名或作潚颾颼〔四〕涼風謂之颾或作颼艘船名蠨蟰蟲名說文
蟰蛸長股者或作蠨慅〔五〕爾雅慅慅勞也騷愁也一曰蒲騷〔六〕地名搜叟搜搜動兒
亦省熽熇也嫞女名繡綺屬○貂鼦⿰鼠刀〔七〕丁聊切說文鼠屬大而黃

〔九〕鳭中
〔十〕蛁　⿰虫刀
〔十二〕⿰刀刂　刟
〔十四〕芀
〔十五〕鬏
〔十六〕⿰矢召
〔十七〕裹

黑出胡丁零國又姓或从鼠亦省文四十七雕鵰說文鷻〔八〕也籀文从鳥又姓鵃鶻鵃
鳩名⿰刀鳥〔九〕⿰召鳥⿰刀隹鳥名爾雅鳭鷯剖葦謂好剖葦皮食其虫蟲或从召从隹〔十〕蛁⿰虫刀說文
蟲也一曰蛁勞小蟬或省敦弴弤畫弓也或从弓亦作弤〔十一〕刀古者軍有刀斗以銅作鐎
受一斗晝炊飲食夕擊行夜亦姓俗作刀非是〔十二〕⿰刀刂刟⿰兆刂博雅斷也或从召从兆琱
說文治〔十三〕玉也一曰石〔十四〕似玉鉊錐也彫⿰周刂說文琢文也或从刀通作雕琱凋說文
也半傷芀葦華〔十五〕⿱艹彫⿱艹凋艸名菰蔣也其米謂之⿱艹彫萌或作⿱艹凋通作彫䯾⿱髟留鬏
也一曰鬏多⿰矢召〔十六〕博雅短也㹦犬之短尾者⿰衤鳥裯⿰衤隹說文短衣也引春秋
傳有空⿰衤鳥或作裯⿰衤隹⿰衤帀說文棺中縑裹〔十七〕或書作裒錭奝大也多也亦从大⿰目鳥

[一八]船　[一九]鮉　[二〇]端

[二一]祑

[二二]齠　[二三]祧

[二四]一曰突也　[二五]舦

[二六]偷

[二八]苗

說文目孰視也[一六]船艒舟名或作艒鯛鮉[一七]說文骨耑脆也一曰小魚名或从召
婤女名椆椆苕木名軺博雅柳車也簡山海經[一八]中山之東有祑簡山
毰毰毻羽惡皃或从羽齠[二二]毀齒也○祧[二三]禮他彫切說文遷廟也古作禮通
作庣文不滿二十七庣也斛剔也挑說文撓也一曰撩也引國語郤至挑天
舦說[二四]文斛旁有斛一曰利也秭稻也䠷馬三歲曰䠷舽銚䂟田器
或作銚䂟通作舽[二五]佻恌窕輖說文愉也引詩視民不佻或作恌窕輖越
雀行也眺耳病也一曰耳鳴覜見也朓晦而月見西方蓧[二七]蓧
州名爾雅蓧蓨或作蓧蓨說[二八]文苗也條枝落也詩蠶月條桑嬥嬥嬥往來皃

[二九]桃　抒

[三二]也

[三三]倏　末

[二九]桃長枋可以持物於器中者通作桃脩縣名周亞夫所封莜州田器○
[三〇]迢遰田聊切說文迢遰也一曰迢迢高皃或从苕文四十八跳蹤說文蹶也一曰
躍也或从條越說文雀行也佻徘詩傳佻佻獨行皃或从彳也庣過也嬥
好也一曰嬥往來皃髫髫髢童子垂髮也齠毀齒也鬜髮多皃卲
卜問也調稠說文和也或从禾毰翢鵰毰毻鳥尾翹毛或从羽从鳥鎥
絩首垂銅謂之鎥[三一]一曰鐵也鋚轡也㢈鎥說文田器也或从皿條樤說文
小枝也一曰木名或作樤苕說[三二]文州名芀說文葦華也莜州田器蓨[三三]
竹名卣䲞說文州木實垂卣卣然櫾作䲞岧岧嶢山高皃或書作岹螩水
蟲

【三五】撓

【三六】膠

【三七】嘵

名山海經朱塗水中有螸螐狀如黃蛇魚翼 蜩 蜩 說文蟬也引詩五月鳴蜩或从舟 鰷
鯈 鯈 白鰷魚名或作鯈鯈 鮡 魚名似鮎白色 挑 挏 橈挑宛轉也一曰攪也或
作挏 怊 悵也莊子怊乎若嬰兒之失其母郭象讀 祒 闕人名莊子有巫咸祒 銚
長矛也呂氏春秋長銚利兵 鍣 錐也 蓨 說文苗也 𡹷 山皃 𡝐 女字 朷
枝落也通作條 ○ 聊 膠〔三六〕 聤 憐蕭切說文耳鳴也又姓或作膠聤文七十八 栁 木名
膫 膋 說文牛腸脂也引詩取其血膫或从勞省 瞭 目明也 瞭 明也 髎
髖骨名一曰馬胯上骨爲八髎 嘹 嘹亮鳴也一曰噭夜也 飉 小風也 飂 飂戾
風聲 僚 賤稱春秋傳隸臣僚又姓 寮 同官爲寮通作僚 廖 寥 嵺 說文

集韻平聲三　三三

【三八】空

【三九】倉

【四〇】也

【四一】知

【四二】臣

【四三】敹

【四六】較

【四七】清

集韻平聲三　三三

空虛也或作寥嵺 寮 說文穿也論語有公伯寮 豂 說文空〔三八〕谷也一曰空豂深也 嶚
嵺 廣雅嶚巢高也或作嵺亦書作嶛嵺 驝 埤蒼〔三九〕細長也 遼〔四〇〕 勞 說文遠也或作
勞遼一曰水名在遼陽縣 轑 轑陽邑名在楚一曰軸也 摷 動作擊也 撈 取也通作
撩 撩〔四一〕 說文理也一曰取物 嫽 說文女字也一曰相戲 憀 說文憀然也 憭
方言慧或謂之憭 料 〔四二〕量也春秋傳邑料虞君 敹〔四三〕 說文擇也引周書敹乃甲冑 廖
闕人名春秋傳有召伯廖亦姓 鐐 鏐 說文白金也或从翏 璙 說文玉也 繆 繆繆
絲皃 繚 纏也 䜍 䜍𧬄巧言 橑 椽也 簝 說文宗廟盛肉竹器引周禮供盆簝
以待事 簩 竹名似苦竹而細軟〔四六〕江漢間謂之苦簩 遼 艸稀曰遼 漻 〔四七〕說文清深

〔四八〕皋　〔四九〕獠　〔五〇〕蜩　〔五一〕瘳　〔五二〕翻并　〔五三〕皇

也潦〔四八〕山海經潦水出衛皐東一曰潦也尞燔柴祭天也通作尞尞姓燎縱火爇說文火皃引逸周書味辛而不熮熮燎垣也周翏高飛也鷯鳥名說文刀鷯剖葦食其中蟲或从隹䳤〔四九〕鶹鳥名天狫雅獠獠獠爾宵田爲獠或从豸亦作獠蟟蟧蟲名馬蜩〔五〇〕也或从勞〔五一〕瘳〔五二〕疾也癆方言北燕朝鮮之間飲藥而毒謂之癆一曰痛也勠戮翏井力也古作翏〔五三〕或作戮膫漢侯國名在南陽嵺山名蓼艸名䫖目皃高鼻深䑋名舟且也㵳顧也廖病也損木名䜚空皃𧿧豆曰踃并州謂聊通作嵺蟉蟉蛐屈皃憭蓋弓也通作橑藔艸器○驍堅堯切說文良馬也一曰健也文二

〔五五〕日　〔五六〕到斷　〔五八〕膟　〔五九〕戟　〔六二〕顛

十九梟說文不孝鳥也曰至捕梟磔之从鳥首在木上〔五四〕〔五五〕県說文倒首也賈侍中說此斷首到縣県字〔五六〕通作梟鄡縣名〔五七〕嘄說文聲嘄嘄也𧒂蟂獺屬害魚者或作蟂獥狼屬鷙鳥名鸚鷚也似烏蒼白色僥憢儌僞也或从心从敫澆漻說文沃也一曰薄也或从梟敫獓从堯擊也或憿激說文幸也亦作激通作僥儌邀摰遮也或从手趬行輕也釗爾雅勉也一曰〔六〇〕弩機噭噭噭〔六一〕哭聲〔五八〕𤸱博雅腫也徼說文循也嬈女字鐃戟屬䫜視也〔六二〕轈轈轈車亂○膮馨幺切說文豕肉羹皃也一曰香也文十六鐃分臬一木也嘵譊憢說文懼也引詩唯予音之嘵嘵或从言从心𤸱䏁腫欲潰皃或作䏁奃〔六三〕

【六四】紐　【六五】蚑　【六六】犺　【六七】生　【六八】鱎　鰞　【六九】宦

博雅大也 翹鷍 翹毻羽皃或从鳥 獟 獟也漢書誅獟驊 撓 撓挑宛轉也
髐 髐然髑髏皃 顤 廣顤謂之顤 谻 谷大皃【六三】 闄 門大開皃 ○ 鄡
鄡 牽幺切說文鉅鹿縣一曰鄡陽縣名或从県亦姓文十九 趬蹺 說文行輕皃一曰趬
舉足也或从足 繑 說文絝紐也【六四】 顤 說文大頭也 㚁 長大皃 毃 擊也
通作敽【六五】 墽 磽也 寮 寂寥空也 髐 髐然髑髏皃 猤 博雅猤犺【六六】健也 敽
說文驕田也 爑 火行也 𢐗 引弓也 撟 舉也 蹻 舉足 䜢 䜢䜢空谷
皃 僬 僬侶多智 ○ 幺 伊【六七】堯切說文小也象子初成之形文十三 吆 吆吆聲也
怮 博雅憂也 迶 遠皃 魩 魚名博雅鱔魩鱮 宦【六九】 戶樞聲也 宎 窔聲

【七〇】膠　【七一】狕　狗　【七二】皀　【七三】訬　【七四】堯　【七六】秆　【一】冥　【二】雨

莊子宎者咬者 𦕈 膠𦕈【七〇】耳鳴 蟯 蟲名在人腹 狕【七一】 山海經堤山有獸狀如狗而文首
名曰狕 皀【七二】 望遠也 頊 頭小皃 訬【七三】 說文急戾也一曰小意 ○ 堯
堯 倪幺切說文高也从垚在兀上高遠也古作㚁【七四】文八 嶢 說文焦嶢山高皃或書作嶤 垚
說文土高也从三土 僥 說文南方有焦僥人長三尺短之極 顤 高長頭皃 蟯 蟲名
在人腹 蕘 藥艸【七五】 ○ 藨 普遼切艸名爾雅藨麃文一 ○ 䪢 子幺切蒜束也
文四 秆【七六】 夘非 事之制也或作夘非 ○ 嬈 褭【七七】聊切煩也一曰心不欲也文一
四 ○ 宵 睄 思邀【一】切說文夜也从宀宀下冥也【二】古作睄文三十八 踃 跳踃動也 消
說文盡也 霄 䨭 氱 說文雨霓爲霄或从雲从气 颵 颵颵風聲 捎 博雅揣抗

〔四〕𠘬

〔五〕纖

搖捎也 逍〔三〕説文逍遥猶翱翔也通作消 痟𠘬〔四〕説文酸痟頭痛引周禮春時有痟首

疾或作𠘬 綃繆䋢説文生絲也一曰綺屬或作繆䋢 銷説文鑠金也 焇

曝也爍也 硝硭硝藥石 蛸蟲名説文蟲蛸堂蜋子亦姓 莦艸根也 哨

口不正曰哨 倄倄翛倄倄羽敝也或作翛翛 鮹魚名 ⿰犭肖狂也 ⿰齒肖

博雅鹽也 揱長蹐皃一曰纖殺也 梢周禮梢溝謂水漱齧之溝鄭衆説 奞張羽

皃 魈⿰犭參山鬼或作⿰犭參 俏削俏然反琴聲李頤説或作削 肖衰微也史

記申呂肖矣徐廣説 ⿰肖毛⿰肖毛⿰肖毛鳥尾翹毛也 撨擇取也拭也 萷〔六〕萷槮艸木茂皃

○⿰舟斗⿰舟句⿰舟斤銚鐰喿鍫橾千遥切爾雅⿰舟斗謂之鍫或作⿰舟句⿰舟斤銚鐰喿

〔八〕帞 〔九〕紗

〔一〇〕謂之 衩

〔一一〕鄭

〔一二〕持爇

〔一五〕蒦

鍫橾亦書作鍬文二十五 搋廣雅陗搋高也 重匕也 篍簫管一名篍 幧

幓⿱敄巾帕頭也或作幓⿱敄巾 紗〔九〕小意 繰帛如紺色 鏒以箴鉄衣通作繰

⿰糸焦⿰縣喿蕉䌨麻苦雨生壞也或作⿰縣喿蕉䌨 摻持物也 䘯博雅䘯祐

袛謂之褸衩 鄵地名在節 愀色變也莊子愀然變容 ○⿱雔灬焦⿱雔火兹消

切説文火所傷也或省亦作雙又姓文三十 燋説文所以然待火也引周禮以明火爇燋 ⿱龜灬

説文灼龜不兆也引春秋傳龜⿱龜灬不兆或書作⿰龜焦 ⿱隹毛胄顛毛曰⿱隹毛 蕉説文生枲也

膲三膲無形之府通作焦 鷦⿱刀焦説文鷦⿰鳥少桃蟲也或从刀 茮椒梂木名

説文茮菉一曰菉萸子聚生成房皃一曰椒山顛也亦姓 ⿱艹淑早山無艸爲⿱艹淑 噍啁噍鳥聲

【一七】收　【一八】樵　【二〇】楚　【二一】蘖　【二二】那

䪅收〔一七〕束也　鐎温器說文鐎斗也通作焦　蟭蜅蟭蟲名螵蛸也〔一九〕　⿰面焦說文面焦枯小也　𥛱〔一八〕祭也　僬短人謂之僬僥　嶕〔二〇〕山名　湫夫湫地名在吳一曰人名魯有子服湫通作椒　萩蔋闕人名萩大夫也或作蔋　⿰糹蕉⿰糹焦布屬或从焦〔二一〕　鷦鷦鵬神鳥似鳳　⿵門焦木名皮堅黑若鐵生水中　嫶女字　○樵蕉蘖慈焦切說文散木也或作蕉蘖文二十九　劁博雅斷也刈也　憔顦嫶癄醮憔悴憂患也或从頁从女从疒亦作醮　撨博雅擇也　⿰耳曹聧⿰耳曹⿰耳曹耳鳴或作聧　譙國名一曰樓之別稱亦姓　鄡地名　嶕嶕嶢山峻皃　⿱山巢廣雅嶚⿱山巢高也　鐎温器形如銚　僬僬僥短人　湫水〔名〕在朝郡　⿰面焦面枯也　菬說文艸也

集韻平聲三

【二四】軌九　【二五】烝　【二六】輕　【二七】祖　【二九】樹　【三〇】疽　【三二】苗

燋〔二三〕灼龜木周禮掌共燋契李軌〔二四〕讀　噍聲急也禮其聲噍〔二五〕以殺〔二六〕徐邈讀　蕉艸芥也一曰芟刈　潐水名山海經常烝〔二八〕之山潐水出焉　軺軺車也　嘈聲也　褿〔二七〕祖也一曰衣齊好　焦焦夷楚地名　○猋卑遙切說文犬走皃文四十二　飆颮𩗗飄說文扶搖風也或从包从勹亦作飄通作猋　表剽樹〔二九〕識也或作剽樹　標木杪　摽𢾺擊也或从攴　杓說文枓柄也　瘭漂疽〔三〇〕病或作漂　⿰骨票僄體壯也或从人　幖說文幟也　熛⿱票火說文火飛也或省　〔三一〕墂封土為識　⿰山剽⿰山票⿰石票山峯出皃或作⿰山票⿰石票　⿺走票說文輕行也　⿰禾票稻田秀出者　蔈陵苕之黃華者　篻竹長皃　驃衆馬走也　嘌疾也聲也　⿸㫃猋

【三四】㬖

【三六】烈　【三七】絜　【三八】杓

【四〇】㶾

說文旌【三二】旗飛揚皃　賧貝名爾【三三】雅貝居陸賧　髟說文長髮猋猋也　猋香艸【三四】　㬖

輕脆也　𦠾𦠾【三五】膟腫潰也　𨱽鏢刀鋒曰𨱽或省　𥌖惡視皃　灬列【三六】火　𩼹

角名　嫖女字　嘌言有所止　○漂灃紕招切說文浮也一曰擊洋【三七】水中也或作

灃文四十二　【三八】杓北斗柄星名　嫖僄說文輕也或从人　旚𣄴說文旌旗

旚繇也或从麃　犥說文牛黃白色　鏢說文刀削末【三九】銅也　䳱䳱鷅飛輕皃　飄

猋說文回風也【四〇】或作猋　慓博雅急也　謤言輕也　【四一】㬖㶾熛火飛也或

作㶾熛　瞟方言曬乾物　飄飄颻風吹皃　彯彯彯長組皃一【四二】曰彯搖輕便也

𢿽摽擊也或从手　𧼑䠒說文輕行也或从足　翲翲翲飛也　瞟𧠾

【四三】嘌

【四四】櫜

【四六】峯

【四七】𤬪

【四八】櫜　橐聲

【四九】蜱

【五〇】䕯　馥

【五一】桃

明察也或从見　蟲蟲螵蟲名說文蟲蛸也或作蟲螵　嘌【四三】說文疾也引【四五】詩匪車嘌兮

隸作嘌　𦠾膘𦠾膟腫欲【四四】潰或从票　櫜囊張木皃　剽末也　䰘顠䰘䰘

髮亂皃或作顠　薸𧃖萍屬或从瓢　嫖女字　標木末　𡾰峯【四六】　○瓢

【四七】𤬪毗霄切說文蠡也古作𤬪文十一　飄回風曰飄　剽爾雅鍾其中者謂之剽

薸𧃖萍也或从瓢　櫜【四八】說文囊張大皃从橐省匋省　螵蟲螵蛸【四九】蟲名或作

蟲　郻地名　䕯【五〇】䕯馥香皃　○蟲蟲彌遙切蟲名或从𧖝【五一】文十　𧉂蠶初

生者　篻細竹　杪網細者杪【五二】　鷅鷅鷅鳥名桃雀也或書作鷅　緢旄絲也

薸𧃖萍也江東語或从瓢　㬖輕脆也　○鑣䮽悲嬌切說文馬銜也或从

〔五三〕芀　〔五四〕穮　〔五五〕竊　〔五六〕鼠　〔五八〕「連」　〔六〇〕爇　〔六一〕緜　〔六二〕蚩

角文十二　膔脂肥皃　儦儦說文行皃引詩行人儦儦或从彳　瀌說文雨雪瀌瀌　穮〔五四〕穮說文耕禾間也引春秋傳是穮是蔉或从耒　藨⿱艹⿱匃灬艸名子似覆盆一曰猋藨茗荼別名或从⿱匃灬　鏖津名在匈奴中　〔五七〕麃麃麃武皃　○苗眉鑣切說文艸生於田者一曰夏獵曰苗又姓文七　描畫也　貓猫爾雅虎竊〔五五〕毛謂之虦貓一曰食鼠〔五六〕貍或从犬　緢說文旄絲也引周書惟緢有稽　⿰鬼苗蠱鬼　茅菅也易拔茅〔五八〕連茹鄭康成讀　○〔五九〕燒尸昭切說文爇〔六〇〕也文二　緜〔六一〕瓜也　○怊〔六二〕蚩招切奢也一曰怊悵失意文六　弨彃說文弓反也引詩彤弓弨兮或作彃　紹緩也詩匪紹匪游鄭康成讀　祒〔六三〕闕人名莊子有巫咸祒　⿰牜壽牛羊不生子也　○昭炤之遥切說文日明也

〔六四〕日　〔六五〕兒　〔六六〕膜　〔六七〕穆　〔六九〕招

董仲舒曰食祝从火亦姓文十六　鵃鶻鵃鳥名　柖說文樹搖也〔六五〕一曰射的　鉊說文大鎌也鎌謂之鉊張徹說　招說文手呼也又姓　駋馬名　釗說文刓也周康王名一曰勉也一曰弩機　盄盄說文器也或作盄　⿰召皮皽肉之膜〔六六〕或从亶　詔言誘也　鍣博雅錐也　弨弛弓　妱女字　○韶⿱殸召招時饒切說文虞舜樂也引書簫韶九成鳳皇來儀一曰美也或作磬招文十七　佋⿰召巴昭說〔六七〕文廟佋穆父爲佋南面子爲穆北面或作⿰召巴昭　⿱艹佋艸名　⿰召卜卜問也　⿰彐巴〔六八〕擊也从卩　軺小車也　邵〔六九〕高也　柖樹皃一曰射的　劭爾雅勉也　苕芀艸名詩苕之華徐邈讀　⿰爿召牀別名通作招　玿美玉　○饒如招切說文飽也一曰益也多也又州名

〔七二〕㰳
〔七三〕伏
〔七四〕魯齊之間
〔七五〕瓇
〔七七〕𪈖
〔七八〕𪓐
一

亦姓文九 橈 博雅袂〔七一〕橈鏉衣 橈艞 方言楫謂之橈或从舟 㰳〔七二〕馴伏〔七三〕 蕘 說文〔七四〕薪也方言蕪菁齊謂之蕘 蟯 說文腹中短蟲也 擾 順也 瓇〔七五〕 玉名 ○超 癡宵切說文跳也亦姓文八 欿 欿歊氣上烝一曰健皃 怊 字林悵也 𢂕 𢂕𢗏 細絲 㫐 喉鳴 颵 清風曰颵 條 枝落也詩蠶月條桑〔七六〕沈重讀 鵰 鳥聲 ○𪈖〔七七〕朝 陟遙切說文旦也亦姓隸作朝文三 𦚰 姓也 ○鼂䵷晁〔七八〕 馳遙切說文匽鼂也楊雄說匽鼂蟲名社林以爲朝旦非是篆从皀或作晁亦姓文十 朝𦨮〔七九〕 覲君之總〔八〇〕稱又姓古作𦨮通作晁 淖潮 說文水朝宗于海隸作潮通作朝 狣〔八一〕 獸絕有力 𢒉 俎几 䍦 羊未卒歲爲䍦一曰夷羊百斤爲䍦 ○燎 離昭切火在地曰燎文五 髎

〔八二〕傜
〔八五〕窰
〔八六〕蘨 蘨
〔八七〕鰩
〔八九〕䚻 謠

尻骨謂之髎 繚 繞也 敹 擇也 摎 縛也一曰縛殺 ○遙遥隃 餘招切遠也或作遥隃踰文六十七 媱 說文曲肩行皃一曰戲也 傜 使也通作繇 傜〔八二〕 說文喜也自關以西物大小不同謂之傜 繇䌛〔八三〕 說文隨從也一曰𢙺也由也或作繇 颻 上行風也 歙歙〔八四〕 說文歙歙氣出皃或作歈 窯窰〔八五〕 說文燒瓦竈也或从缶 蘨蘨〔八六〕 說文艸盛皃引夏書厥艸惟蘨古作蘨通作繇 鰩〔八七〕 魚名山海經〔八八〕泰器之山灌水出焉是多鰩魚鳥翼蒼文白首赤喙 銚 說文溫器也一曰田器又姓 姚 說文虞舜居姚虛因以爲姓或爲姚嬈也史篇以爲姚易也 搖 說文動也又姓 䚻〔八九〕謠猶 說文徒歌或作謠猶 軺䡖 說文小車也或从缶 缶 廣雅瓶也 愮 爾雅愮愮憂無告也

【九〇】⿸疒幸【九一】⿰弓繇

【九二】木

【九三】石

【九四】薄

【九五】桃【九六】麥【九七】姚　娧

一曰亂也通作恌 恌 方言理也謂情理 遙 進也一曰相隨行 陶 陶陶和樂
也 繇 ⿰䍃瓜 說文瓜也或作⿰䍃瓜 鷂 雉名爾雅江淮而南青質五采皆備成章曰鷂 褕
揄 褕翟王后之服刻畫鷂羽以爲飾或作揄 洮 湖名在陽羨西 烑 光也 銚
餌也 ⿸疒䍃【九〇】 痓⿸疒䍃疾名 ⿰弓繇【九一】 ⿰弜䍃 說文弓便利也或从二弓 ⿸㫃䍃 旗旐謂之旐 榣
說文樹【九二】動也【九三】一曰山名 嗂 說文喜也 ⿰足䍃 說文跳也方言陳鄭之間曰⿰足䍃 瑤 說文
玉之美者引詩報之以瓊瑤 ⿰虫兆 蟲名 猺 獸名一曰獏猺狗種 鎐 酒器 ⿰山䍃 山皃
筄 爾雅屋上【九四】簿謂之筄 鮡 魚名似鮎白色爾雅魾大鱯小者鮡 燿 昭也 ⿱艹銚 艸名⿱艹銚芅
羊挑【九五】葉似桃子如小麥【九六】通作銚 ⿺走䍃 博雅⿺走䍃行也 朓 方言朓【九七】說好也 緰 帛也 珧

集韻平聲二　十

【九九】匽

【一〇〇】臼

【一〇一】襻

【一〇二】鳴

【一〇三】要

【一〇四】蚽

【九八】音三考三

說文蜃甲也所以飾物引禮佩刀天子玉琫而珧珌 ⿺辶䔄 䔄 艸名蒲葉【九九】也或省 ⿰目䍃 美目
也 暚 明也 ⿱⺮⿰禾兆 ⿱⺮⿰禾兆支竹名 ⿰牛䍃 牛名 鞀 ⿷匚缶 鼓也或从匚 ⿱繇木 木【一〇〇】名
〇要 腰 ⿱覀女 ⿱𦥑女 伊消切說文身中也象人要自臼之形或从肉古作⿱覀女⿱𦥑女文十五
邀 徼 遮也或从彳 䙅 ⿰糸要 衣攀【一〇一】也或从糸 喓 喓喓蟲聲 葽 說文艸也
引詩四月秀葽劉向說此味苦苦葽也 ⿰要鳥 ⿰要隹 山海經廆山有鳥名曰鴒⿰要鳥其名【一〇二】自呼服之不
眯或从隹 ⿰虫要 青⿰虫要蛇名 蟯 腹中蟲 楆 棗名子細腰【一〇三】 〇翹 祁堯切說
文尾長毛也一曰企也一曰翹翹高皃或書作蹺文九 荍 艸名說文蚍蜉【一〇四】也今荊葵 劭
精異意漢書劭農蘇林說 ⿱艹翹 艸名連翹 嘺 不知意 ⿰喬羽 仄飛曰⿰喬羽 ⿰片彡 俎八

〔一〇五〕鴂
〔一〇八〕約

也招舉也漢書以招人過釗弩機也一曰逸也勉也○鴞于嬌切鳥名說
文〔一〇五〕鴞鴞寧鴂也文三郚鄉名在清陽虢縣名在濟南○媄妖於喬切說
文巧也一曰女子笑皃引詩桃之媄媄或省文十三袄袄說文地反物爲袄或省通作妖〔一〇六〕枖
枖說文木少盛皃引詩桃之枖枖或从艸誤訞語袄祥一曰巧言或省〔一〇七〕夭
夭天夭和舒皃媄害物也鴹鴹鶬鳥名三首六目六翼六足餮錫也紗
紗〔一〇八〕鴹尫小皃一曰紗未成而綖○囂嚻虛嬌切說文聲也气出頭上或省文二十呺
謞号呺然虛大皃李軌說或作謞号枵說文木根也引春秋傳歲在玄枵玄枵虛也
歊歊說文歊歊气出皃或从喬毊爾雅大磬謂之毊獢驕犬名說文猲獢

〔一〇九〕踓 〔一一〇〕僑
〔一一一〕苣
〔一一二〕紐
〔一一三〕壯
〔一一六〕氏

也一曰犬短喙者或作驕獢犬黃白色藃說〔一〇九〕文艸皃引周禮轂獘不藃僑〔一一〇〕驕也
囂說文炊氣皃虈艸名說文楚謂之〔一一一〕蘺晉謂之虈齊謂之茝熇燆炎氣也或
从喬臊膲腫欲潰嵒山名○蹺趬蹻〔一一二〕嶠丘袄切舉趾謂之蹺
或作趬蹻蹻文十八趫說文善緣木走之〔一一三〕材憍繑絝細也或从糸顤大頭也
喬肥也屩屐也驕馬壯皃撟舉也獟獷也嘺博雅詠也
喬喬詰意不平橇〔一一四〕鞽橋泥行所乘或作鞽亦从〔一一五〕木○驕居妖切說文馬
高六尺爲驕引詩我馬惟驕一曰野馬文十四憍逸也矜也通作驕嬌女字〔一一六〕禹娶塗山
之女謂之女嬌穚禾秀也一曰莠艸長茂皃通作驕鷮雉名長尾走且鳴喬

〔二七〕壷
〔二九〕曰
〔三〇〕箸
〔三一〕大

木枝上竦也　蕎藥艸大戟也　嶠山鋭而高　簥爾雅大管謂之簥　撟博雅取也一曰選也舉手也〔二八〕　矯矢躍出也神〔異〕經東王公與玉女更投壺千二百矯　轎車名　橋桔槔也　鱎白魚　○喬渠嬌切說文高而曲也引詩南有喬木又姓文二十五　僑說文高也　寯博雅客也通作僑　嶠〔爾〕雅山鋭而高〔曰〕嶠或書作蕎　橋墧說文水梁也一曰圮墧从土亦姓　趫善緣木走　鷮說文走鳴長尾雉也　⿱殸喬犬〔三一〕磬乘〔輿〕〔三〇〕以爲防鈂著馬頭上　轎竹輿　嬌女字　蕎藥艸大戟也一曰麥屬　蟜蠪蟜蟻名一曰有蟜古諸侯　鐈說文似鼎而長足　蹻舉足行高也　獢高飛　⿱喬皿廣雅盂也　觽角曲　簥大管一曰田器　驕闕人〔名〕陳有表

〔二二〕是

驕　憍虛憍高仰也　穚禾既秀曰穚　撟舉手謂之撟　嘺埤倉不知〔二二〕誰也　⿰喬毛⿰喬毛⿰能毛氈⿰能毛也　○瀌蒲嬌切瀌瀌雨雪〔盛〕〔二三〕皃文三　藨麃艸名爾雅藨麃子似覆盆而大可啖或作麃　○⿰能毛相妖切⿰喬毛⿰能毛氈⿰喬毛也文一五　○爻何交切說文交也象易六爻頭交也文三十四　肴餚說文啖也徐鍇曰謂已脩庖之可食也或从食　胶脛骨也　⿰酉交⿰酉爻沽也或作⿰酉爻　倄說文刺也一〔二四〕曰痛聲　姣⿱交女說文好也或作⿱交女　詨訤言不恭謹或从爻　⿰忄肴恔也　恔說文憭也　絞⿰糸爻蒼黃色或从爻　殽說文相雜錯也　⿰木肴木名博雅梔子⿰木肴桃也　校桷也　筊⿱竹爻⿱竹殽說文竹索也一曰簫之小者謂之筊或从爻从殽　崤

〔二〕獿
〔三〕杖
〔四〕效
〔五〕交
〔七〕嘐
〔八〕糾
〔九〕芁

郩山名在弘農亦从邑通作殽 嵴聲也 淆混淆濁水 洨說文水出常山石邑井陘東南入于泜邟國有洨縣 獿〔二〕獿獿駭犬吠聲一曰獪也 虓虎聲一曰縣名在濟南 校枋也 藙博雅藙茇根也 蔱茭黃茅也根可治渴或作茭 佼效也 像[illegible]蠿蟳〔三〕也關中呼長校曰〔五〕[illegible]條 ○交居肴切說文交脛也文三十 斈說文放也〔四〕謂放效也 佼友也通作交 𨒫說文會也通作交 詨詨矜誇也 敎令也 咬咬咬鳥聲〔七〕通作膠 鉸削刀也 𣪏𣫎囊也或从交 摎束也 筊竹索 膠說文昵也作之以皮一曰欺也糾〔八〕也又水名亦姓 艽秦艽〔九〕藥艸俗作芁非是 鉸樂器塤類 轇轇轕長遠皃一曰雜亂 漻漻漷水廣皃 郊

〔一〇〕艸
〔一一〕庪
〔一二〕横
〔一三〕瞭
〔一四〕恀
〔一五〕城
〔一六〕嶼

說文距國百里爲郊 嘐說文誇語也 駮鵁鳥名說文駮鶄也一曰駮鸕也或从交 茭說文乾芻一曰牛蘄〔一〇〕 蛟說文龍之屬也池魚滿三千六百蛟來爲之長能率魚飛置笱水中即蛟去 鮫說文海魚皮可飾刀 [illegible][illegible]糰粉餌 挍亂也一曰憤意 洨邑名漢有洨侯〔一一〕 鵁鳥名爾雅鵁頭鵁似鳧〔一二〕不能行 骹膝骨也 乂乂乂 ○敲摮搞丘交切說文橫擿也或作摮搞文二十八 骹骹跤蹻說文脛也或作骹跤蹻通作校 窯窯寥空寂 膠〔一三〕顤宵膠面不平或作顤 恔恔㤊〔一四〕伏態 磽礉磝說文磬石也或作礉磝 𥑮礉磝〔一五〕成名 鄗山名 廫宮室高邃貌 墽墝墽塙嵪說文磽也或作墝墽塙嵪 頝頝贅〔一六〕不媚也 僇方言

〔一七〕叫
〔一八〕嗃
〔一九〕烋
〔二〇〕穴
〔二一〕熱

陳宋之間謂盛曰僇　校几足也儀禮拂几授校　𤢏博雅擾也一曰𤢏㤓多詐訥澀皃
毃擊頭也　嵺山谷深廣皃　○虓猇虛交切說文虎鳴也或从口从犬文四十二
〔一七〕哮豨說文豕驚聲也或从豕　詨𧦝呼謞嗃誟嘮吳人謂叫呼爲詨或作𧦝呼謞嗃誟嘮
嗃〔一八〕警嗃迅聲　嘐嘐大也孟子其志嘐嘐一曰驕皃一曰啁嘐夸語或从号
烋咻〔一九〕烋烋自矜氣健皃或从口　硣磟山勢
𡧍窙氣上〔二〇〕烝或从穴　痚痚瘷喉病　㢒㢒豁宮室高皃　顤顤顤胡人面　髐髑髏皃
髇骹𩩲鳴鏑也或作骹𩩲通作嚆髐　飃〔二一〕飃颵熱風　灱熇暴也或从高
涍水名在南郡　歊穘艸皃或作穘　鵁𪀊鳥名爾雅鵁頭鵁似

〔二二〕獿獿
〔二三〕瞜
〔二四〕棍
〔二五〕贅
〔二六〕嶤

鳧脚近尾或从交　𤢏獿獢說文犬獿獿咳吠也或作獿獢〔二二〕　侾侾佬大皃　婋女字
筊竹名　亶讙〔二三〕也　○顤於交切大首深目皃文十八　窅見深目皃或作見
眑眑膠面不平　鴢鴢鷕鳥名曲喙　咬哇咬淫聲　𠯑𠯑咋犬多聲
坳地窊下也　拗戾也　軪車聲一曰軪軋奇皃　棍〔二四〕木柯曰棍　凹窊也
泑水名在長沙　窒窒寥深遠皃　𤢏𤢏優犬吠　𡛷女名　岰山曲
柪曲木也　○聱牛交切不聽也文十四　謷不肖人也　嗸磝磽
礉墽說文山多小石也或作礉磽〔二五〕磝墽　㤓恐㤓伏態　㥿摮𧢻擊也或从手从角
贅頞贅不媚　嶤〔二六〕博雅崒也　皷皮堅也　○包班交切說

[二七] 姙　[二八] 說生　[二九] 苞　[三〇] 篛　[三一] 地名　[三二] 〇　[三三] 抛　[三四] 莸

文象人裹姙[二七]巳在中象子未成形也元氣起於子子人所生也男左行三十女右行二十俱立於巳爲夫婦裹姙於巳巳爲子十月而生男起巳至寅女起巳至申故男年始寅女年始申也一曰本也亦姓文十三　胞 生[二八]兒裹也　泡 僇泡盛也　勹 說文裹也象人曲形有所包裹通作苞[二九]　苞 說文艸也南陽以爲麤履亦姓　笣 竹名出篛[三〇]浦其筍冬生　枹 木叢生曰枹通作苞　⿰包阝 說文[三一]姓也　⿰山包 山名　鮑 鬭人名楚有申鮑胥通作包　苴 天苴地名在益州　⿰𠂤見 綵色也　⿰女缶 好也　胞[三二] 披交切說文兒生裹也文十六　脬 說文膀光也通作胞泡　抛[三三]摽彀抱 棄也或作摽彀抱　⿱罒包 覆車罔也　泡 說文水出山陽平樂東北入泗或曰浮漚　嘐 言不實而夸　⿱艹⿹勹乚[三四]艺 藥艸或从乚　⿰包阝 地名　僇 盛大

[三五] 廚　[三六] 炙　[三七] 麭 柰　[三八] 麠　[三九] 下　[四〇] 鏃　[四一] 軨　[四二] 尥抱

也　穮 穮䅳禾虛皃　⿰彳包 牛行足外出也　鮑 魚名　○庖 蒲交切說文廚[三五]也通作包文三十四　炮炰 說文毛炙[三六]肉也或作炰　胞 肉吏也　咆⿰口麃⿰口雹 說文嗥也或从麃从雹　掊捊抱 引取也或从孚从包　⿰耒麃 耕也　跑 蹴也　鉋 平木器　鞄 柔革工　麭[三七] 赤黑柰　颮 風聲　泡 泡泡流也一曰盛也　麃麅 說文麠[三八]屬或作麅　狍 獸名[三九]目在腋　匏瓟包苞 說文瓠也从包取其可包藏物或从瓜亦作包苞　⿰山麃 山名　藨 艸名子似覆盆　骲 骨鏃[四〇]也　⿰車包 車軨[四一]一曰戾也　⿱竹麃 竹名　刨 削也　齙 齒露　嘐 大言不實　⿰亻包⿰彳包 脛交也或作⿰彳包　○茅 謨交切說文菅也一曰明也亦姓文二十一　媌 說文目裏好也方言

〔四三〕言　〔四四〕麋
〔四五〕有
〔四六〕蠿蠽　〔四七〕昴　〔四八〕宿
〔四九〕巳
〔五〇〕稍

河濟之間謂好而輕〔四三〕言者爲媌　緢絲旋曰緢　描打也　罞爾雅麋〔四四〕罟謂之罞〔四五〕　貓
食鼠貍也或从犬　犛氂斄髦說文西南夷「有」長髦牛也或作氂斄髦通
作貓　峁山名　渵大水兒　鶓鳥名鴮鶓也〔四六〕通作茅　蝥蟊蟲名
說文盤蝥也或作蝥蟊　蟊蟲名說文蠿蟊也方言蜩蟧謂之蟊蠽　昴晁〔四七〕西方宿〔四八〕也
詩維參與昴徐邈讀古作晁　䅦穮䅦禾不實　○梢〔四九〕箾師交切說文木也或作箾
文二十九　艄船尾　捎說文自關而西凡取物之上者爲撟捎　髾髮末　鞘
鞘博雅韉謂之鞘或从韋　弰弓末　旓旌旗旒　輎兵車以鹿皮爲飾
稍稅也　綃帆維也　䘯衹也襵也　稍〔五〇〕種也　娋㛮博雅娋孟姊也或从

〔五一〕箾升
〔五二〕聳　〔五三〕溲
〔五四〕譟
〔五五〕从
〔五六〕也
〔五八〕繅

稍　箾筲說文陳留謂飯帚曰箱〔五一〕一曰飯器容五外一曰宋魏謂箸筩爲箾或从肖　颵
風聲　莦說文惡艸兒　鮹海魚名形如鞭旒　蛸蠨蛸蟲名　箾象箾舞者
所執司馬正說　蒴蔘〔五二〕木枝洓也　綃維舟謂之綃　㪣擊也　焇乾也　溲〔五三〕
水盛兒　咬吞乾物也　○譟初交切代人說也文十一　勦說文勞也引春秋傳
安用勦民〔五五〕以力　鈔剿抄摷說文叉取也或作剿抄摷　𧾩競走　訬說文
訬擾也一曰訬獪一曰書也　魈疾兒楚俗謂鬼剽輕爲害者　觘〔五六〕匕　吵闕人
名宋大夫吵　○𦗓譟莊交切𦗓𦗓聲擾耳或从言文十七　罺樔篧撩罟
也或作樔篧　巢䉤爾雅大笙謂之巢或从竹　抓博雅〔五七〕搔也　爍然也　繅〔五八〕或从

〔五九〕穴

〔六〇〕巢

〔六一〕轈

〔六三〕麥

炙窠鳥穴〔五九〕中也摷擊也拘也璅地名在聊城鄛鄉名在南陽釗

闕人名周康王釗啾噍小兒聲或从愁○巢〔六〇〕鋤交切說文鳥在木上曰巢在穴曰

窠一曰大笙又國名亦姓文二十橾說文澤中守艸樓轈輠〔六一〕說文兵高車加巢以

望敵也引春秋傳楚子登轈車或省通作巢巢嶚巢山高皃窲〔六二〕寥窲屋深皃璅

璅陽地名在聊城漅湖名鄛說文南陽棗陽鄉鷍高皃䕢䕢麥〔六三〕艸名

鱳魚子䩛𩏂束也或从韋躁行捷也勦勞也䰫博雅健也

一曰剽輕爲害鬼訬博雅獪也磼附國之民壘石爲巢〔六四〕而居曰磼㜸女字○

啁陟交切說文啁嘐也文八嘲謿說文謔也或作謿通作啁趙趙趬跳躍皃

〔六六〕熱

〔六八〕寥

〔六九〕獿

〔七〇〕惛

鵃鶻鵃鳥名似山鵲而小鳭鳭鷯黃鳥寥寥窲屋深皃䬝風皃○

颵丑交切炎風謂之颵文六掉角挑也嘮說文嘮呶讙也趠超也偹〔六五〕

目不正灱熱〔六六〕也○顟力交切大首深目文十四髎馬脊骨一曰髖也窌〔六七〕

深空寥〔六八〕窒寥深遠皃僇盛大皃𨇤走也一曰足相𧦝䝯度語

謂錢曰䝯摎物相交也巢國名嵺山名㺒獿〔六九〕獶犬亂吠廖室中

虛皃澆水洄狀皃謧多言也○𥝕除交切禾穡曰𥝕文一○鐃

尼交切說文小鉦也軍法卒長執鐃文二十一呶詉說文讙聲也引詩載號載呶或作詉橈

曲也譊說文恚呼也一曰譊譊語也怓說文亂〔七〇〕也引詩以謹惛怓𩴾見鬼驚詞

曰奏故皐奏告从夲引周禮詔來鼓皐舞皐告之也一曰局也澤也俗作睪非是**⿰谷皐**⿰谷皐⿰谷辛[一〇]深皃**咎**姓也通作皐**⿰忄夲**[一一]**⿰忄皐**局也知也或从皐**⿰皐見**見也**鄡**鄉名在范陽**⿰山皐**⿰山皐崪山名[一三]**羔**說文羊子也**⿰犭皐**闕人名晉靈公夷⿰犭皐**膏**說文[一二]肥也**餻****糕**博雅饔[一四]餻餌也或从米从高[一五]**櫜****⿰韋皐**說文車上大櫜引詩載櫜弓矢或作⿰韋皐**稾**秆也**鼛**說文大鼓也引詩鼛鼓不勝**檺****篙****⿱竹咎**方言所以刺船謂之橋或省亦作⿱竹咎**槔****⿰木咎**[一六]大名一曰桔槔機器或作⿰木咎**⿱艹咎**艸名實似瓜**⿱艹皐**說文葛屬白華**⿰皐鳥****⿰皐隹**鳥名方[一七]言鷎鴉韓魏謂之鷎[一八]鷎一曰鳩也或从隹**麔**牡麔[一九]**橋**起勁疾也**⿰皐頁**⿰皐頁⿰壽頁[二〇]面大也**告**白也**槁**木名**⿰禾皐**禾名○**爊**[二一]**⿳亠火𧘇**於刀切煨也或

作⿳亠火𧘇文七**鑣**[二二]說文温器也一曰金器通作鏖**鏖****⿰扌麃**盡死殺人曰[二三]鏖糟漢霍去病令短兵鏖皐蘭下或作⿰扌麃**⿱艹爊**菜名**懊**懊憹痛聲○**⿰出放****敖****遨****傲**牛刀切說文出[二四]游也一曰傲也隷[二五]作敖或作遨傲文四十二**翱**說文翱翔也**⿱髟敖**髮皃**⿱敖力**說文健也**摮**擊也**䫨**顤䫨高也**䬲**風聲**⿱敖日**日光**慠**慠慠憂心也亦書作⿱敖心**嗷**說文眾口愁也引詩哀鳴嗷嗷亦書作嗸**謷**說文不肖人也一曰哭不止悲聲謷謷**聱**不聽也**嫯**侮易也**熬****䵅****⿱敖鬲**說文乾煎也或从麥从鬲**嶅**山多小石或書作⿰山敖嶅**磝**磽磝**滶**說文水出[二六]南陽魯陽入城父**鏊**釜屬**𦪈****⿱敖木**舟接[二七]首謂之𦪈或从木**⿰長敖**長皃**鼇**海中大鼇**鰲**魚名**⿱敖骨**

[二九]驗

[三二]如牛白身

[三三]褎

[三四]獎

[三五]薧

[三六]橐

螯螯蟹大足者或从虫从足 鏊鏊戟鋒謂之[二九]驁 驗馬以壬申日死故乘馬忌此日 鷔 不祥鳥也白身赤口似鴈所集國亡 獒 說文[三〇]犬如人心可使者引春秋傳公嗾夫獒 蔜 艸名爾雅蔜薞蔞 囂囂 諠[三一]也一曰地名古作買 隞 地名通作敖囂 獓 [三二]山海經三危之山有獸焉其狀牛身四角豪如被蓑名曰獓狟是食人 璈 樂器 ○褒褎[三三]裒褎 博毛切說文[三四]衣博裾也一曰獎飾又姓或作褎裒褎文九 薧[三五] 吳王孫休名子 報 進也 郙 地名 葆 廣也 藸荒也 ○橐[三六] 普刀切囊張大皃文七 藨 艸名 靁 雪皃 颵 輕風 䬥牛黃白色 毦毨 毛起皃一曰輕也或从巾 ○袍 蒲褒切說文襺也引論語衣弊緼袍

[三七]衷　[三八]增　[三九]乾

[四〇]髮

[四二]鬆髳

[四四]堥土

[四五]子

亦書作[三七]衺文六 郙 地名 詜 詜華[三八]亂語 蚫[三九] 車軫一曰戾也[四〇] 㬥 痛甚稱阿㬥 嚥 鳴也 ○毛旄老 謨袍切說文眉髮之屬及獸毛也又姓或作旄老文二十五 髦 說文髮也爾雅髦士官也 [四一]髳髳 說文髮至眉也引詩紞彼兩髳漢令有髳長或省 [四二]氂犛犛 犛牛尾也或作犛犛 旄[四三] 說文幢也一曰獸名 髦 車轚以御風塵一曰馬長毛 軞 公車也通作[四四]旄 芼 艸也通作毛 枆楙 木名冬桃也或作楙 渵 水名 堥堥嵍務 丘前高後下或从上从石亦作務通作旄 酕 酕醄極醉皃[四五] 牦 牛名今所謂偏牛者顏師古說 蝥 蟵蛑也 毷 毷氉皃漢書靡有子遺耗矣 現 說文擇也 ○騷 蘇遭切說文擾也一曰摩馬文二十九 搔搔

【四八】淅

【四九】緫

【五二】廋　【五三】異

說文括也或从蚰繅縿繰⿰糸蚤說文繹繭爲絲或从參从喿从蚤【四七】臊⿰月蚤
說文豕膏臭也或从蚤鱢說文鮏臭也引周禮膳膏鱢⿰魚蚤山海經鳥鼠同穴之山有
鰠魚其狀如鱣溞爾雅溞溞淅【四八】也⿰木叜艘㮴說文船總【四九】名或作艘㮴鎪鎪鉾
銅器颾⿰風喿風聲或从喿⿰亻蚤說文⿰亻蚤驕也⿱艹嫂艸名慅懆說文動也
一曰起也或作懆⿰忄叟愁也通作騷瘙疥也⿱髟蚤⿱髟蚤⿱髟蚤髮皃⿰彳蚤⿰彳蚤徊緩行
皃⿰犭蚤獸名⿰叜阝鄋⿰蚤阝北方長狄國【五〇】也在夏爲防風氏在商爲汪芒氏或作鄋鄋
【五一】搜叟搜搜動皃或省廋【五二】博雅求也溲便也國語少溲於豕牢哨方言
冀隴而西使犬曰哨椮橚椮木長皃⿰犭參【五三】神異經西方深山有人長尺餘袒身捕蝦蟹以

【五四】攴

【五五】宜　【五六】⿰氵⿱品灬

【五七】⿱艹酒

【五八】袚褅

【五九】曰

【六〇】隸

食名曰山⿰犭參⿰日蚤日色⿱竹蚤⿱竹蚤⿱竹蚤竹聲○操⿰喿攵倉刀切說【五四】文把持也或从文文
十二鄵鄵地名造進也幧絡頭也褿⿰巾曹說文帴也或从巾譟【五六】
聲也⿰車蔽蒼色飾車既練所乘者參【五五】宜也莊子以參爲驗懆愁也⿰氵⿱品灬澡⿱品灬
欲沸○糟⿱曹酉⿱艹酒【五七】醩臧曹切說文酒滓也⿰木畱作⿱曹酉或作⿱艹酒醩文十七𣗥日出
明慒慮也⿰月曹脃也褿⿰巾曹博雅褿帗【五八】⿰巾帝也或从巾遭說文遇也一曰
邐行⿰火曹說文焦也槽⿰木遭果木華實相半也或从遭傮⿰歺曹說文終也或从歺
嶆峁嶆山皃⿰言曹詨⿰言曹聲亂○𣋡曹財勞切說文獄之兩曹也在廷東从𣗥治
事者从日【五九】徐鍇曰以言詞治獄也【六〇】隸作曹又州名亦姓文二十四⿰女曹廣雅好也⿰歺曹終也

【六一】膠　【六二】獸　【六三】蠤　【六四】忍　【六五】祗　【六六】氐

膗脆也一曰腹鳴䎭膠䎭耳鳴嘈廣雅嘈啈聲也禮祭也祐也一曰祭彔

先褿說文帴也一曰衣失浣槽說文畜【六二】之食器艚舟也漕衞邑名

嶆嶛嶆山皃髞髝髞高皃鐰剛折謂之鐰蓸說文艸也蠤螬

蝤蟲名說文蠤【六三】蠹也或省亦作蝤𣋽日晚䈬竹名鏪穿也傮僔也

愁憂也揚雄有畔牢愁〇刀釖都勞切說文兵也或从金文十二魛魚名

飲而不食忉忉忉憂勞【六四】也亦書作忍裯說文衣袂祗【六五】裯方言汗襦自關而西或謂之祗

裯舠䑽小船也或从周朷木心曰朷一曰木名䪦䪦顤大面惆方言

惛江湘謂之【六七】惆錭鈍也啁嘐啁語多〇饕𩟌叨饀𩚬他刀

【六七】𩚬　【六八】悅　【六九】詨　【七〇】𣈖𡴀　【七一】帙　【七二】弢　【七三】𡴀　【七四】夲　【七六】叙　【七七】[illegible]

切說文貪也一曰貪財為饕檔作號或作切餡【六七】文五十慆說文說也一曰慢也一曰慆慆久也【六八】

謟爾雅疑也詨【六九】往來言也一曰小兒語不正俢目不明曰俢一曰目通白倄

𣈖【七〇】日色或从𡴀絛縚說文扁緒也或从舀幍巾帙【七一】也韜鞱說文

劒衣也一曰寬也或从革綢韜也一曰緩束弢【七二】說文弓衣也𡴀【七三】說文滑也引詩

𡴀兮達兮一曰取也一曰戎鼓大首謂之𡴀夲【七四】說文進趣也从大十猶兼十人也搯【七五】

掏說文搯也引周書師乃搯搯者拔兵刃以習擊刺詩左旋右搯一曰抒也或作掏挑

𢓜佻挑達相見皃一曰往來皃或从彳【七六】从人𥟖稻也翢爾雅纛也【七七】今羽葆幢

瑫美玉一曰玉飾劒䈱飲牛器方言篆趙岱之間謂之䈱䍃𠥋與說文

〔七八〕椱

〔七九〕牧

〔八〇〕蝮

〔八一〕桃

〔八三〕匋

〔八四〕嘗

〔八五〕淅

古器也櫂作匽或作與　䑦䑼博雅䑦舸舟也或从舀　洮說文水出隴西臨洮東北

入河　滔說文水漫漫大皃　稻木名爾雅稻山楨〔八一〕　牧〔七九〕說文牛徐行也　㟮

山名　鮉魚名　蜪蝮〔八〇〕蜪蝗子　挑〔八二〕抭抒物之器或作抭　騊說文馬行皃

聎耳鳴　蓧艸名　頫盥也　夵進也从小从大　㛐女字　㹗牛羊無子也

○匋〔八三〕徒刀切說文瓦器也古者昆吾作匋通作陶文五十七　陶說文再成丘也在濟陰〔八四〕夏書東至于陶丘陶丘有堯城堯嘗所居故堯號〔八五〕陶唐氏　燾溥覆照也　洮盥也〔八六〕一曰淅也

淘淘淘水流也　濤說文大波也　䬞颻風也或从舀　掏抒也擇也

逃跳說文亡也或作跳俗作迯非是　衜徭衜行皃　儔翳也　纛

〔八七〕說

〔八八〕韗

〔八九〕也

〔九〇〕杌

〔九一〕宵

翢翿翳舞者所執幢或作翢翿翳　鞀鞉鼗磬鼓名說文鞀遼也鄭康成讀〔八七〕鞀如鼓而小持柄搖之旁耳還自擊或作鞉鼗櫂作磬亦書作鼗　鞫鼓木〔八八〕考工記韗人為皋鞫

醄酕醄醉皃　𩕫𩕫顛大面　謟詾啕說文往來言也一曰小兒未能正言也一曰祝也或作詾啕

咷說文楚謂兒泣不止曰噭咷　䬢䬢陰地名在齊　麴

饀餌也或作饀通作䬢　萄說〔八九〕文艸名　桃說文果也又姓　樢檮說文斷木也引春秋傳榣杌〔九〇〕或从壽

筄筄枝竹名通作桃　綯絞也詩宵〔九一〕爾索綯　裯裯襦

袖褾也　錭鋾說文鈍也或作鋾一曰鋾鑄也　騊說文騊駼北野之良馬　駣

馬四歲謂之駣　䑬舟名　鸋鸋河鳥名通作淘　裪〔九二〕神也　蜪蝗子爾雅蝝蝮

〔九三〕燾　〔九四〕瘦　〔九五〕糶　〔九六〕冬帀

蚼 幬幔轂革 姚闕人名春秋傳周有頹叔姚子通作桃 滔聚也莊子滔乎前而不知所以然 慆慆慆久也 籌〔九三〕壽方言戴也或省 犒〓說文牛羊無子也隸作幬 瘦〔九四〕疾也 聎耳病 䊮〔九五〕闕人姓春秋傳有䊮茷 ○勞憥僗郎刀切說文劇也用力者勞古从悉或作僗文四十八 〓嘮聲也尚書大傳〓然作大唐之歌或从口 澇潦說文水出扶風鄠〔九六〕北入渭或作潦 牢窂臾說文閑養牛馬圈也从牛从舟省取其四周而也又姓或从穴古作臾 簩箯簩竹名皮利可爲刀一曰竹名一枝百葉有毒 𧯷〓〓〓野豆謂之𧯷豆或作〓〓〓 醪說文汁滓酒也 撈沈取曰撈 〓〓〓山皃 蟧蟲名小蟬也一曰螺屬 〓〓嘈大聲 髝

〔九七〕也　〔九九〕嬦　〔一〇二〕犭

髝髞高皃一曰性麤急 〓〓〓物未精〔九七〕 憥苦心也一曰疲病〔九八〕 〓〓〓長皃 〓〓〓耳鳴 〓〓〓深也 錊鐒廣雅錊鑪鏑也一曰〓錊〔九九〕銅器或从勞 〓 碎磱石器或从牢从勞 〓玉名 嫪嫪嬦妬也 哰囒哰謰謱言語不解也 〓木名 簝竹器所以受肉 膫腸脂 浶浶浪驚擾皃 〓嶗〓嶆山險或作嶗 佻〔一〇〇〕獨行皃詩佻佻公子沈重讀 轑撓也漢書轑釜 摷取也 倅僗膠倅麤大皃或从勞 〓〓〓鳥名錦文 癆朝鮮謂中毒曰癆 嘐嘐啁語多 ○夒〔一〇一〕獶〔一〇二〕猱蝚奴刀切說文貪獸也一曰母猴似人从頁巳止夊其手足或从夔从憂从柔亦作蝚一曰擾善塗墍者文十九 獿獶獳說文犬惡毛也隸作獶或

〔一〇三〕乎　〔一〇四〕言　〔二〕戨　〔三〕菏

作獳通作⿰犭岀　⿰犭岀嶩巎〔一〇三〕說文山在齊地引詩遭我乎⿰犭岀之間兮或从夒从農　⿰忄柔
⿰忄夒劣也或从憂　瓇玉也　⿺九言〔一〇四〕戲也　臑羊豕臂也　⿰言岀喜也謎也　農
耕也　憹懊憹痛悔
七○歌謌⿰哥各可居何切說文詠也或从言从各古作可文二十一　哥〔二〕
說文聲也通作謌　柯說文斧柄也又姓　㓉法也　戨⿰可戈牁博雅戨戨杙或
省亦从爿〔三〕通作柯　菏荷⿰氵荷說文菏澤水出山陽胡陵引禹貢浮于淮泗達于菏或作荷⿰氵荷
茄芙蕖莖　渮說文多汁也廣雅渮滒淖也　抲揮也　鴚鳥名說文鴚鵝
也　妿姆也　⿰哥瓦居結棟謂之合⿰哥瓦　⿱艹哥⿱艹哥母艸名出嶺南　⿰舟戈〔三〕船名　○

〔四〕⿰犭可　〔六〕婍　〔七〕博

珂砢丘何切石次玉或从石文五　⿰歹可死皃　⿰骨可膝骨也　軻車接軸亦
姓　○訶虎何切說文大言而怒也文十二　𠀀說文反丂也徐鍇曰气已舒　呵
博雅呵呵啞啞笑也一曰氣出或从欠　⿰可欠　⿰可頁傾頭也　⿱止可止也　⿰礻可祭也
抲說文抲撝也引周書盡執抲〔四〕　荷苛譏察也或作苛　呿開口聲　妸
女字〔六〕　○阿於河〔五〕切說文大陵也一曰曲阜一曰比也一曰慢應亦姓文十二　娿說文
陰娿也謂婍娿不決　疴痾說文病也引五行傳時即有口痾或从阿　妸婀說文女字
也或不省　⿰糸阿⿰糸可博〔七〕雅⿰糸阿縞練也或省通作阿　妿說文女師也杜林說加教於女　⿰木哀
⿰木哀⿰木哀樹枝長弱皃　鈳錒鈳鏻釜屬或从阿　○何寒歌切說文儋也徐鉉曰儋何

〔八〕侖

〔一二〕譙

〔一六〕莪

〔一八〕蜀

〔一九〕嘉

即負何也亦姓文十一河說文水出焞煌塞外昆崙〔八〕山發原注海荷說文荷芙〔九〕蕖葉

菏滒水名或作滒通作荷苛說文小艸也一曰急也蚵蟲名博雅蚵〔一一〕蠪蜇蝪

也詞呵詞詞衆聲或从口魺漁名廣雅魺魠也呵唯〔一二〕呵問也通作何

○莪牛河〔一五〕切說文蘿莪蒿屬文二十三䄉衣盛飾哦唫〔一三〕也𢫬搓〔一四〕也

娥說文帝堯之女舜妻娥皇字也秦晉謂好曰娙娥睋睋睋白色䄉祭名峨

⿸厂我說文嵯峨也或作⿸厂我亦書作莪〔一六〕鵝䳘鳥名說文鳴〔一七〕鵝也或从隹俄說文行頃

也引詩仄弁之俄⿰我頁博雅衺也一曰齊皃〔一八〕⿱我䖵蛾說文蠶化飛蟲或从虫亦書作蝵又

姓睋視也涐說文水出蜀汶江徼外東南入江誐說文嘉〔一九〕善也引詩誐以溢

〔二〇〕鹿

〔二一〕輚

〔二二〕⿰鬲斗

我硪說文石巖也訛動也詩或寢或訛徐邈讀檥附船著岸駊博雅

駊驪〔二〇〕馬屬珴奉珪璋皃

八○戈古禾切說文平頭戟〔二一〕也文二十六過說文度也亦姓濄渦說文

水受淮陽扶溝浪蕩渠東入淮或省亦姓楇紡車也輠車盛膏器通作楇〔二二〕⿰鬲斗

鬲說文秦名土釜曰⿰鬲斗或作鬲鐹廣雅鐹錕釭也〔二三〕鍋錢戟鍋鑹温器

或作錢戟⿸疒瓜瘑禿也一曰創也春發爲燕⿸疒瓜秋發爲鴈⿸疒瓜或从咼緺綬文䳓

鳥名⿰虫過不蝸蟲名螗蜋也通作過堝甘堝液金器〔二四〕薖艸名蝸蝸牛蟲名

⿰口過⿰口過唆小兒相應聲⿰過鳥⿰鳥咼鳥名廣雅⿰過鳥鸁工雀也或省𦬸艸名⿰虫酉

〔五〕一曰

〔七〕郭判

〔八〕科

酒之色蜾蜾蠃桑蟲○科苦禾切說文程也从禾从斗斗者量也文二十一窠說文空也穴中曰窠樹上曰巢薖簻說文艸也〔五〕又寬大皃一曰飢意〔六〕或从竹⿰亻過美皃稞⿰禾咼青州謂麥曰稞或作⿰禾咼萪艸名海葱也一曰藤類蝌蝌斗蟲名或書作蟄⿺麥斗⿰食斗⿺麥斗斗餌也象蟲形或从食犐牠⿰牛斗⿰角青博雅郭〔七〕犐牛屬一曰牛無角也或作牠⿰牛斗⿰角青課率也⿱竹科竹名⿸疒瓜瘑首瘍或作瘑髁骨也窾空也通作利〔八〕○倭烏禾切女王國名在東海中文十七⿰犭委猧小犬或作猧濄渦水名爾雅過爲洵或省亦姓⿰土過地阬也⿱穴委穴居也踒足跌也⿺鳥咼鷙鳥食已吐其皮毛如丸萵萵苣菜名⿰多委燕人謂多曰⿰多委⿰火委煖皃涹

集韻平聲三

〔一〇〕韋

〔一二〕當

〔一三〕孰

〔一四〕寐

〔一五〕吪

濁也漚也楚人曰漚齊人曰涹亦山名覣視皃莒婆莒室葦〔一〇〕北狄別種名唩小兒啼捼手縈也○和胡戈切說文相麐〔一一〕也又州名亦姓古書作咊文十四龢說文調也一曰小笙十三管也一曰徒吹⿸广禾⿰木禾博雅棺常〔一二〕謂之⿸广禾或从木通作和禾說文嘉穀也二月始生八月而熟〔一三〕得時之中故謂之禾禾木也木王而生金王而死从木从𠂹省𠂹象其穗鉌鉌鑾鈴也通作和⿰口過小兒相應也澕水深皃⿱艹禾⿱艹和艸名或从和盉說文調味也通作和⿰氵禾水名喛嘽喛〔一四〕泣皃姀女字○吪⿰𧾷爲僞吾禾切說文動也引詩尚寐〔一四〕無吪或作⿰𧾷爲僞通作譌〔一五〕文十三譌訛說文譌言也引詩民之譌言或作訛通作吪鈋說文鈋圜也囮⿴囗䌛說文譯也率鳥者繫生鳥

【一六】梔厄

【一七】陁裹阪

【一八】隿

【一九】鑼

以來之名曰囮或从繇　梔【一六】厄　木節曰梔或省　魤鮠　魚名或从厄　蔿　艸名

○波　逋禾切說文水涌流也文十六　皤　博雅白也　番僠【一七】　番番勇也或从人

彼　蹇也　紴　說文絛屬一曰錦類　陂岥　博雅陂陀襄也一曰山陂或作岥　嶓

嶓冢山名　菠　菠薐菜名　碆　石也可為矢鏃　潘　潘㳙縣名在臨淮　磻　說文

以石箸隿【一八】繳也通作碆　播　水名在豫州域　䪽　老皃　譒　敷也　○頗頤

詖　滂禾切說文頭偏也或从叵古作詖文十四　坡岥岠　說文阪也或作岥岠　䟺

飛皃　𨹧陂　陂陁不平也或从皮　鉅　鉅鑼【一九】銅器　玻　玻瓈玉名　灦　水皃　祀

衣皃　跛　闕人名【二〇】楚有薳跛　○媻婆　蒲波切說文奢也一曰女老稱或从波文十八

【二一】摩

【二二】麼

【二四】杯

【二五】痲

鄱番　說文鄱陽豫章縣或省　皤䪽　說文老人白也引易賁如皤如或从頁　膰

大腹也　繁緐　姓也亦省　陂　陂陁不平　搫攀　斂聚也除也或从繁　蕃

白蒿也　蔢　蔢䓣茂皃【二二】一曰艸根　橎　木名　磻　石名　潘　潘㳙縣名　蟠

委也　○摩【二一】攠　眉波切說文研也或作攠文十八　磨　治石謂之磨　礳　石磑

也　劘　削也　麽【二三】　細小曰麽　魔　鬼也　⿱麻女　女美稱　⿱麻皿　博雅【二四】杯也　⿱麻食

⿰飠靡　食也一曰哺小兒或从靡　髍　說文㾫病也謂身支半枯或書作䯢　⿰忄靡　心病　⿰月麻

⿰月靡　⿰月麻痳【二五】漏病或从靡　靡　散也　𡾚　山名　䊳　碎也精也　○娑【二六】　桑何

切說文舞也引詩市也婆娑文十八　抄抄　摩抄也亦省或書作挲通作獻沙　髿⿱沙鳥

〔二八〕犧

〔三三〕鄭　〔三四〕齹〔三五〕「蕺」

駞䮽馬行皃或从沙　〔二七〕睉 視之略也　髿 髮垂皃　傞 ⿰亻沙 說文醉舞皃引詩屢舞傞傞或从沙　些 減也　䩖 䩖鞄樂器　蔢 蔢蔢艸根一曰茂皃　桫 桫欏木名　⿰金沙

⿰金娑 鈔鑼銅器或从娑　〔二八〕犧 獻 戲 酒尊名飾以翡翠鄭司農說或作獻戲　○

〔二九〕蹉 倉何切說文蹉跎失時也一曰跌也文十二　瑳 說文玉色鮮白　溠 水名　搓

搓挪也　〔三〇〕⿰月差 大腹也　髊 治牙骨也〔三一〕通作磋　磋 博雅磨也　傞 舞不〔三二〕止也

齹 齹 齒跌也或从差　差 㴷也通作溠　嵯 嵾嵯山石皃　○　醝 才〔三三〕何

切白酒通作〔三三〕酇文二十五　〔三四〕齹 說文齹也河内謂之齹或書作醝　⿰田差 說文殘「蕺」田也引詩

天方薦瘥　瘥 ⿰歹差 爾雅瘥病也或从歺通作瘥　⿱髟差 說文靡麥也一曰擣也　⿰目差

〔三六〕亦嵳

〔四〇〕侉

博雅乖⿰目差舂也　嵯 ⿸尸差 說文山皃或作⿸尸差或書作嵳〔三六〕　𦻶 爾雅𦻶薺實　䇞 筥屬

蔖 蔖蔖艸名可苴履　⿱髟差 髮多也　〔三七〕齹 齹 說文齒差跌皃引春秋傳鄭有子齹

或从差　䠞 躦 踏也或从贊　虘 說文虎不柔不信也　⿰虘阝 酇 說文沛國縣蕭

何初封邑或从贊　⿰月差 腹鳴〔三八〕也　⿰差皮 粟體　艖 ⿰舟贊 艑艖舟也或从贊　⿱雨差

雨聲　○　蓑 蓑 𦰩 蘇禾切說文艸雨衣秦謂之萆或从艸古作𦰩文二十二　莎

艸名說文〔三九〕鎬侯也　桫 木名　⿰木娑 ⿱竹沙 梭 織具所以行緯也或作⿱竹沙梭　挱

挼挱手相切摩也通作莎沙　⿰女坐 女字穆天子傳盛姬之喪〔四〇〕叔⿰女坐爲〔四一〕主　⿸疒娑 疾也　髿

鬖髿髮美也　唆 ⿰口過唆小兒相應聲　誜 〔四二〕侳也動也　𢘊 𢘊題縣名在清河郡　趖

〔四二〕「或」

〔四四〕壘 〔四六〕鹿蓌

〔四五〕傪屮

說文走意魦鮻魚名或作鮻沙亭名在元城纕編鷺羽為衣也⿰女夋
女字⿱雨鮮小雨○遳村戈切脆也文四⿱竹坐竹名脞叢脞細碎也⿰女坐
訬疾也一曰叔⿰女坐〔四二〕周穆王女字○侳臧戈切安也文七⿰血夋朘⿸尸夋赤子陰也或从
肉「或」从尸挫案也莊子挫鍼治繲睉目小皃⿰女坐少皃一曰女字○矬
徂禾切廣雅短也文九痤說文小腫也一曰族絫銼說文鍑也睉說文目小
也⿰女坐說文訬疾也一曰女字⿰木痤⿰木坐木名櫖李也一曰車下李或作⿰木坐脞
叢脞細碎也⿰山坐山名〔四四〕○多〔四三〕⿱ココ當何切說文重也从重夕〔四五〕夕者相繹也故為多重夕
為多重日為疊古作⿱ココ或書作⿰夕夕文九⿱艹侈⿰亻⿱丷多姓也或从屮茤〔四六〕南夷名㚊

〔四九〕虫 〔五〇〕寃 〔五一〕或

〔五二〕拖 〔五三〕曳

〔五四〕馱

〔五五〕白 鼉

方言南楚謂婦妣曰母姼婦考曰父姼鄲漢侯國名一曰縣名在沛蹛〔四七〕蹛林匈奴地名
跢攜幼行也○佗〔四八〕他湯何切彼之稱或从也通作它文十四它蛇說文
〔四九〕蟲也从虫而長象宼〔五〇〕曲垂尾形上古艸居患它故相問無它乎或从虫詑訑說文沇〔五一〕州謂欺
曰詑故从也⿱它食⿰米它餌也或从米拕拖〔五二〕扡說文曳〔五三〕也或作拖亦省鼧
鼠名⿸疒多馬疲病嘽嘽嘽衆也一曰嘽嗳泣皃○駝駞唐何切橐駝匈奴奇
畜或从㐌通作它文五十三佗說文負何也一曰美也亦姓馱〔五四〕馬負物⿰禾它
囊也一曰馬上連囊驒說文驒騱野馬也一曰青驪曰〔五五〕鱗文如鼉魚⿱它齒馬齒長也⿰犭它
⿰犭㐌獸名或作狏⿰革它⿰革㐌說文馬尾鞑也今之般緧或从㐌⿰車它車疾馳⿰羊它

【五七】蜥
【五八】峼
【五九】衺
【六一】盬
【六二】栢
【六三】淅

【五六】𦍩羘獸名如羊四耳而九尾牠舵牛無角者或从角鼧鼠名㾃痑病也
或作痑鮀鮠魚名說文鮎也或作鮠駝駞鳥名似雉或从陀鼉蟺
鱓說文水蟲似蜥【五七】易長大或作蟺鱓䖸獸名山海經驕山有神䖸【五八】狀如人面羊角虎爪
出入有光沱沲說文江別流也出峼山東別爲沱一曰滂沱大雨或作沲陀【六〇】岮陁
博雅陂陀衺【五九】也或作岮陁㼜缶也迱迤透迱行皃或作迤通作佗他跎䟔
說文蹉跎也或作䟔拕拖扡引也或作拖扡袉裾也詑訑欺也或作【六一】訑
酡酏飲而赭色著面或作酏紽絲數也詩素絲五紽通作它他匜與器池
呼池水名通作沱㐌【六二】閼人名後魏桓帝猗㐌也柁木葉【六三】浙落也沊馳

【六五】也
【六六】落
【六七】葩
【六八】王敬弘
【七〇】也
【七一】卻隷

走也鞁皮帖履蛇蟲名蠖也○羅【六四】良何切說文以絲罟鳥也古者芒氏初作
羅一曰帛之美者亦姓文二十𡾰山名或書作𡾰𡣍女字蘿說文莪【六五】也籮
方言箕陳魏宋楚之間謂之籮一說江南謂筐底方上圜曰籮儸僬儸健而不德也𪌮
饠餅也或从食𤄷水名在長沙羅縣欏博雅欏落【六六】籬也一曰椶木別名囉
歌助聲邏遮也鑼鈔鑼銅器罹遭也蘆艸名爾【六七】雅茭蘆葩䙨
衣也宋玉【六八】敬弘婐【六九】著青紋袜䙨攞攎揀也或作攎剆擊也鱺魚名一身十首
○那𨙻曩何切說文西夷國安定有朝那縣一曰何也一曰安皃亦姓古作𨙻文二十𠕎
【七〇】廣雅𠕎𠕎多也通作那難𩆧難卻【七一】凶惡也周禮方相氏率百隸而時難或作𩆧通作儺梛

木名 儺 說文行有節也引詩佩玉之儺 魋 說文見鬼驚詞 𡾗 峫 山名或作峫

哪 哪哪儺人之聲 臡 臑 雜骨醬也或作臑 牪 獸名似牛白尾 𪋻 山海經甘棗之山有獸狀如鼣[七二]鼠而文題名曰難食之已癭[七三]

挪 搓挪也 橠 橠橠[七四]枝弱 欜 或作欜

踇 足跌 娜 女字 ○垛 陊 都戈切小堆或从自[七五]文七 𧛸 博雅褞𧛸袖也

埵 鑄金具 崜 小山皃 棰 株也 𥞚 博雅積也 ○詑

訑 詑 上[七六]和切欺也或从也俗从他文八 涶 說文河津也在西河西 誘 僻誕

也 𧫘 請 方言慧也楚謂之𧫘或省 陏 中高四下[七七]也 ○牠 𧣴 徒禾切牛

之無角者或作𧣴文十五 㟧 山形似碢者 碢 碾[七九]輪通作碃磚 橢 圜而長也一曰

〔七二〕鼣　〔七三〕癭　〔七四〕橠

〔七五〕皀

〔七六〕土

〔七七〕碾 石

堛鼓器名 堶 碃 砣 甋 甀 飛甎戲也或作碃砣甋甀 踻 踒踻行踖兒 惰

美也 磚 圜兒 屦 屦蜀 批 攜也 ○蠃 盧戈切魚名有翼見則大水文三十

三 [七八]𣎆 獸名 蠃 驘 騾 說文驢父馬母或从蠃亦作騾 虆 蔂 壘

盛土籠或作蔂壘 絫 十黍爲絫 蠃 欏 木名可[七九]爲箭笥或作蠃 蠃 綾紋 蠃

須蠃鳥名鷺鷀也似鳥而小 蠃 螺 蠡 蝸 蚌屬大者如斗出日南漲海中或作螺蠡

蝸 蠃 穲 穀積也或作穲 蓏 蠃 菜名生水中 鑹 蠃 鏍 溫器說文銼鑹

也或作蠃鏍 覶 說文好視也一曰覶縷委曲也俗从爾非是 媧 順[八〇]也 腡 手指

文 緺 綬文 摞 博雅理也 儽 疲勞也 縲 大索也 罵 博雅釜也

〔七八〕𣎆

〔七九〕从

〔八〇〕鬲

[八二]孰　[八三]⿰田耎　[八四]疾　[八五]婚　[八六]梭攨　横兒　[八九]肥靴手　[九〇]驢也　[九一]求　[九二]脃

蠡 蕃夷[八一]聚落謂之熕蠡 瘰 瘯瘰膚病 ○捼挼撋 奴禾切說文推也一曰兩手相切摩也或作挼撋文五 㼐 說文丸之熟[八二]也 𤳳[八三] 博雅土也一曰城下田也 ○嗟𨇨 遭哥切易大耊之嗟王肅讀古作𨇨文五 ⿰歹差 小[八四]疲也一曰未[八五]婚而夭 ⿰镸左 丘名 [八六]傞 傞傞足横見 ○誇 于戈切拒麐也文一 ○鞾靴⿰革爲⿸尸麗⿸尸委 呼肥切說文鞮屬或作靴⿰革爲⿸尸麗⿸尸委文十 ⿰扌化 撝也 ⿰口靴吙 吐氣也或作吙 ⿰耳化 目動 譁 諠也 ○胒 於靴切手足曲病文二 俄 佪俄癡皃 ○[八八]⿰骨它 [八九]近靴切足病皃文一 ○瘸 衢鞾切手足病文一 ○𦢊 [九〇]驢鞾切驢腸胃文一 ○[九一]伽 永迦切伽倍國名文三 茄 菜名子可食 枷 柫也 ○脞 醋伽切脆[九二]也文二 ⿰女坐

[九三]⿰禾戠　[一]麻菻　[二]林　[三]膂　[四]标　[六]升麻　[七]穄　[八]中

訬疾也 ○佉 去伽切人姓一曰神名文五 呿 啓口謂之呿 佪 佪皒癡皃 㚗 女字 ⿰去欠 出气 ○𨓂迦 居伽切迦互令不得行也或从加文三 𨓂 咖[九三]謰穢言

九 ○麻[一]菻 謨加切說文與林[二]同人所治在屋下亦姓或作菻文十五 痲 風病 膂[三] 緩視皃 ⿰麻頁顛⿱麻心 ⿰麻頁頣難語或作顛⿱麻心 ⿱麻皿 [四]博雅杯也 ⿱麻黽 鼁䵷似鼃生[五]海邊沙中 蟆 蟲名說文蝦蟆也或書作蟇 ⿱麻隹 鷄名 ⿱麻山 山名 ⿱麻阝 收靡縣名在益州[六]外靡藥艸所出 ⿰黍麻 廣雅[七]穄也 犘 牛名出巴[八]巾重千斤 ○葩苩 披巴切說文華也或省文十五 皅 說文艸華之白也 帊 殘帛 妑 女字 ⿰非巴 飛皃 吧

〔一〇〕鏑　〔一一〕廣

〔一二〕庚

〔一四〕邦　〔一五〕博頯

〔一六〕鱁　〔一七〕敀

〔一九〕簧

〔二〇〕爬

大口皃 ⿱髟巴 鬇皃 鈀 博〔一〇〕雅鈀鉀鏑也 ⿰面巴 面〔一一〕黃 舥 浮梁謂之舥 蚆

蠃屬形中央〔一二〕廣兩頭銳 ⿰角巴〔一三〕 牛角張 芭 闕〔一四〕人名漢有侯芭 ⿱大巴 大也 ○巴

邦加切說文蟲也或曰食象蛇又州名亦姓文十九 蚆 蠃〔一五〕蠾爾雅蚆傳而頯 豝 ⿰犭巴 說文

牝豕也一曰二歲能相把拏也引詩一發五豝或从犬 芭 芭蕉艸名 笆 竹之有刺者一

曰笆也 ⿰豸巴 獸醜〔一六〕狀 鈀 說文兵車也一曰鐵也引司馬法晨夜內鈀車 疤 筋節

病 ⿸广巴 ⿸广巴䖅〔一六〕鼻疾 ⿰齒巴 ⿰齒巴齖齒出也 〔一八〕吧 大口皃 ⿰巴攴〔一七〕 斂也 ⿰牛巴 牛角

相背謂之⿰牛巴 〔一八〕蚆 螺屬兩首銳者 ⿱竹舥 笮也通作笆 妑 女名 ⿰車巴 兵車也

羓 腊屬 ○〔二〇〕爬 把 蒲巴切搔也又姓或从手文九 杷 說文收麥器一曰枇杷果

〔二一〕謯　〔二二〕嫭

〔二三〕著

名 琵 釋名琵琶樂器胡中馬上所鼓推手曰琵却手曰琶因以為名 跁 跁跒蹲也 罷

止也論語欲罷不能陸德明讀 ⿰魚巴 魚名 ⿰氵琶 水名 ⿰巴鳥 ⿰巴鳥鴾鳥名 ○些 尖

思嗟切少也或作尖文四 ⿸疒爲 癢也 ⿰木些 木名 ○⿱差言 嗟 ⿱髟差 差 咨邪切說

文咨也一曰痛惜也或作嗟古作⿱髟差差亦書作⿰言差〔二一〕文二十 ⿰镸左 山名在東海 謯 博雅謯謯

也 瘥 ⿰女差 病也亦从歺通作嗟 〔二二〕嫭 怚 驕也或作怚 祖 祖厲縣名一曰好也

瞎 殘田也 溠 水名 罝 ⿱罒組 ⿱罒虘 說文兔网也古从糸籀作⿱罒虘 蒫 薺實

苴 菜壞也一曰獵場 菹 澤有草曰菹孟子〔二二〕驅龍蛇〔二三〕而放之菹丁公著讀 ⿰女差 女字

○衺 邪 徐嗟切〔二四〕說文衺也謂不正或作邪通作斜亦書作衺文十六 ⿰山邪 山皃 斜

【二六】杼　【二七】莽　【二八】蒣
【二九】菜　【三〇】哪
【三一】遠　【三二】田　【三三】讀
【三四】𨏥

查 說文【二六】杼也 查查大皃 荷蒣【二五】梟屬或作莳 蒣萮【二八】荼 蒣萩茅穗亦作萮古

作荼 蒢 菓【二九】名 苴 苴咩城在雲南 𣹟 水名 狒 猪狒獸名 哪【三〇】聲也 𨛩

心不直 ○奢奓 詩車切說文張也籀作奓文十 諸 諸諏不解 賒 說文貰買

也【三一】一曰達也 畬 歃【三二】種也 𨛬 郤 說文地名或从舍 緒 緒餘【三三】也徐邈說

鍦 方言南楚五湖矛謂之鍦 骷 骨名 ○車 𨏥 𨏥【三四】昌遮切說文輿輪之

總名夏后時奚仲所造又姓籀作𨏥古作𨏥文九 蛼 蛼螯蟲名如蜆而大通作車 𩌏【三五】

革前 硨 博雅硨磲石之次玉者 𨍏 牙車通作車 崋 山名 哆 大皃

○遮 庶 之奢切說文遏也或省文九 奓 博雅父也 𤏈 𤏈儸健而不德也

【三七】屬
【三八】荼　【三九】稚　【四〇】虵
【四一】臿
【四二】渻
【四三】鬖髟　【四四】縳

諸 姓也 闍 城臺也詩出其闉闍徐邈讀【三六】 嗻 謶 囉嗻多言或从言 嫬 女字

○闍 堵 時遮切爾雅闍謂之臺或从土文十七 蛇 佘 姓也或作佘 鉈

𧿣 鍦 說文短矛也或作𧿣亦作鍦 它 蛇 虵 【三七】或作蛇虵 荼【三八】 艻也爾雅

蕠荂【三九】荼 邪 歸邪星名 斜 伊雅斜匈奴單于名 虵 山海經虵山有獸如狐白尾名

曰虵狼 沱 水名 鉈 錘【四一】兩刃 𧪤 淺意 ○若 人奢切蜀地名文三 惹

博雅擎也 婼 婼羌戎國名 ○沙 沚 砂 師加切說文水散石也从水从少水少沙見楚東有沙水譚長說或从少亦

从石沙又姓亦州名文二十一 渻【四二】 渻 沙石地名在樓煩西 鈔

鈔鑼器也 粆 蔗飴通作沙 髿 【四三】髿髿髮垂皃 紗 絹屬一曰紡纑通作沙 裟

〔四五〕履

〔四七〕紗

〔四八〕鈔

〔四九〕从又

〔五一〕鞲靫

〔五二〕瓾

〔五三〕腶

〔五四〕剒

〔五五〕艖

〔五六〕植

〔五七〕齟

毟毛衣謂之袈〔四六〕裟或从毛　犂牛名　靿靿博雅鞊靿鞾〔四五〕也或不省　抄挓抄開皃　桬桬棠木名〔四八〕　魦鯊說文魚名出樂浪潘國或从沙　莎莎雞蟲名　〔四七〕紗廣雅小也　麨碎麥也　桫拘引也　○叉初加切說文手指相錯也又象又〔四九〕之形文十七　杈說文枝也一曰杈把農器〔五〇〕　差𢀩說文貳也一曰擇也一曰差不相值也䅾作𢀩　扠打〔五一〕也　靫博雅靫鞴失藏也　舣博雅艓謂之舣也　頝頤旁也　釵婦笄〔五四〕　艾艸名　瓾瓾𤭛〔五二〕䃄垢也　訍許也　鎈錢名　䐤脯腶〔五三〕　𠟵髻物也　舣艖博雅舟也或从差〔五五〕　○樝莊加切說文果〔五六〕似梨而酢或作楂通作柤文二十六　柤木閑　抯齟〔五七〕說文挹也一曰取物泥中古作齟　虘摣

〔五八〕又

〔五九〕查

〔六一〕戲

〔六二〕渣

〔六三〕姶

〔六四〕槎

〔六五〕查

說文又取也或从手〔五八〕　齇齟說文齰齒也或从且　皻齄䐢皶鼻上皰或从鼻从肉亦作皶　溠水名　浾棠木汁　查〔五九〕查下地名亦姓　䅳紅稻也　渣水名　謯說文謯娽〔六〇〕也　瀘說文水出北地直路西東入洛　蔖蒩艸名楚葵也或作蒩　戲〔六一〕指按謂之戲　𤸂痄也　𢉖屋隤皃　𥹳滓也通作渣〔六二〕　○髽莊華切說文喪結引禮女子〔六三〕髽衰弔則不髽魯臧武仲與邾戰于狐鮐魯人迎喪者髽文二　檛馬杖　○茬槎〔六四〕查〔六五〕鉏加切邪斫木也漢書山不茬蘖或作槎查文二十一　祡燔燎祭天也　柴小木也　齇齟齒不正也或省　苴蒼水中浮艸或作蒼　虘厗隤〔六六〕皃　䣜地名　䠞行失序　鉏鉏牙物傍出也　柤博雅隁也　齜

【六七】楂 【六八】禓 【七一】𪘏齚 【七二】秭 【七三】宵秅

開口見齒皃 溠水名在北地 痄痄疨病甚 楂【六七】水中浮木一曰柴門 庨
庨庌不齊 䙗【六八】見禓 嫅女名 ○爹陟邪切廣雅父也文一 ○奓
陟加切張也文二十四 挓挓抄開皃 ⿰魚者【六九】⿰魚奢⿰魚奓說文⿰魚者挐獸也一曰下大者也或說
角上張亦从奢从奓 譇⿰言奓說文譇詉羞窮也或作譇 【七〇】⿸广秅開張屋也 ⿸疒余⿰月奢⿰月奓
博雅痕⿸疒余瘕也或作⿰月奢⿰月奓 ⿱丷多說文厚脣皃 𪘏博雅齚𪘏齧也 ⿰月奓⿰月奓胗不密也
蕏蕏蒘【七二】亂艸 ⿰黍多⿰黍多⿰黍彡相黏也 【七三】吒咤喥噴也怒也或作咤喥【七四】 秅數也
二秭爲秅一曰麻屬 秺縣名在濟陰通作秅 ⿰忄奢誕也 潳潳滓沾溼也 ⿰月乇
胍⿰月乇腹大今謂杖【七五】頭大者曰胍⿰月乇 ○⿱𥫗朵簻檛張瓜切說文箠也或作簻檛文五

【七六】腿 【七七】拏 【七八】斗 【七九】葭 【八〇】稚 【八一】奴

檛擊也 膼腿也【七六】 ○侘抽加切侘傺【七七】失志皃文八 哆張口也 ⿸疒宅
癡皃 ⿱丷多厚脣皃 譇⿰言奓譇詉羞窮或从奓 詉博雅挐也 ⿰忄宅⿰忄宅傺未定
也 ○秅直加切【七八】數也說文二秭爲秅引周禮二百四十斤爲秉四秉曰筥十筥曰稯十稯曰
秅四百秉爲一秅文十八 捈擲也 ⿸广乇說文開張屋也濟陰有⿸广乇縣 梌吳人謂刺
木曰梌 ⿸疒余瘕也 塗涂沮洳也一曰飾也或省 ⿰足屠跱⿰足屠不前 ⿰屠阝亭名
在馮翊 ⿱屠土垞丘名或作垞 ⿱宀奈宊⿱宀奈不正 ⿱穴余⿱宀余⿱宀奈深皃 㛐美也 荼
⿰木荼荼茗也一曰葭【七九】荼或从木亦省 斜伊稺【八〇】斜匈奴單于名 ○拏挐女【八一】加
切說文牽引也或作挐文二十一 詉設【八二】諸詉羞窮一曰言不可解或作設 ⿰言而博雅

〔八三〕挐
〔八五〕⿰爪奴　爬⿰爪奴
〔八六〕从⿱奴衣
〔八七〕挐
〔八八〕一　玉
〔八九〕揶
〔九〇〕涿

譇詉拏也㤦心亂⿱艹奴藸⿱艹奴艸名〔八三〕胗⿰月奓胗不密也⿱多黍⿰黍奓⿰黍多黏着⿱奴糸〔八四〕
絲奈曰絮⿱奴衣說文敝衣⿰爪奴〔八五〕爬⿰爪奴播也一曰斂也笯⿱竹⿱奴衣籠也或作⿱竹⿱奴衣秅
烏秅西域國名茹闕人名莒有大夫茹通作拏〔八七〕說說文言相說司也摣取也
⿰氵拏⿰氵⿱奴手⿰氵拏沾溼也呶嘮呶諠也抲搦也○邪耶余遮切說文琅邪郡
又〔八八〕曰疑辭或从耳俗从王爲琅耶非是文二十六⿱艹椰⿱艹枒木名皮可爲席或作⿱艹枒釾
鋣鎁說文鏌釾也或从邪从耶斜梁州谷名南口曰褒北口曰斜⿰山耶山名擨
歋揶擨歈舉〔八九〕相弄或省亦作梛通作邪⿱艹邪艸名說文茀⿱艹邪也⿱艹斜茅穗〔九〇〕也一
曰蓄積也⿱艹邪⿱艹⿰禾牙梟屬皮中索亦从木⿱竹邪⿱竹耶竹名或从耶涂涿涂山名在匈

集韻平聲三

〔九一〕讀
〔九二〕遐　徦
〔九三〕遏
〔九四〕徦
〔九五〕傾
〔九六〕碬
〔九七〕葉
〔九八〕叐

集韻平聲三

奴中餘緒餘殘〔九一〕也徐邂說荼荼陵縣名在長沙枒梛椰木名出交趾高
數十丈葉在其末或从邪从耶蛇關中謂毒〔九三〕曰蛇捈抒也通作斜○遐〔九二〕
徦何加切爾雅遐遏遠也或从彳通作瑕文二十八蝦蟲名說文蝦蟆也一曰蝦蟲與
水母游鍜說文錏鍜頸鎧也霞雲日氣相薄通作蝦赮赮赤色瑕
說文玉小赤也一曰過也亦姓騢說文馬赤白雜毛謂色似鰕魚鰕魚名說文魵也假〔九四〕
巳也犌牛有力者蹃說文足所履也⿰叚頁⿱叚心〔九五〕傾顯言不正也一曰顲顯難制或从
心碬〔九六〕說文厲石也引春秋傳鄭公孫碬字子石⿰韋叚⿰革叚⿰糸叚說文履也一曰履根後帖
或从革从糸⿰辶⿱艹叚葭爾雅芙蕖其葉〔九七〕蕸或省叐〔九八〕說文豕也从互下象其足⿰耳叚

〔九九〕㥂　怨

〔一〇四〕媚

目勹皃瘕說文女病也椵因械也段姓也春秋傳晉有段嘉通作瑕㥂〔九九〕怨也⿰叚欠歔⿰叚欠咽病也㗇咽也○煆虛加切火氣文十九谺岈⿰谷閜⿰谷⿵門牙⿰口閜⿰口⿵門牙〔一〇〇〕谽谺谷中大空皃或从山亦作⿰谷閜⿰谷⿵門牙⿰口閜⿰口⿵門牙蝦蟲名躶身傴皃呀〔一〇一〕說文張口皃颬風吹謂之颬瘕⿸疒牙喉病或从牙鰕魚名⿰叚欠〔一〇二〕博雅息也訶廣雅訶訶笑也㗇咽也太玄爲㗇呫宋惟幹讀閜門閜也〔一〇三〕惇惇忦無志○⿰齒可丘加切字林大齧也文十跒跁跒蹲也忦愘恐忦伏態或从客抲揢⿰扌牙抲也或作揢⿰扌牙⿱⿰齒可女〔一〇四〕⿱⿰齒可女女媧也欲出氣也加膠加戾也王逸說○嘉佳居牙切說文美也或作佳亦姓文四十六加說文語相增加

〔一〇五〕之⿱宀方家

〔一〇七〕⿰禾布

〔一〇八〕令

〔一一〇〕豭

〔一一一〕貑

也家⿱宀⿱乃力家〔一〇五〕說文居也爾雅牖户之間謂扆其内謂之家古作⿱宀⿱乃力家珈〔一〇六〕說文婦人首飾引詩副笄六珈通作笳⿱髟家毠袈毛衣謂之⿱髟家⿱毛家或作毠袈⿰忄家蠻夷〔一〇七〕稅布跏屈足坐也痂⿱穴加說文疥也或作⿱穴加〔一〇八〕瘕病也枷⿰麥加說文拂也淮南謂之柍或作⿰麥加⿺辶枷迦說文迦互令不得行也或省笳胡人卷蘆〔一〇九〕葉吹之也⿺辶葭芙蕖葉也通作葭葭說文葦之未秀者茄說文芙蕖莖一曰地名豭〔一一〇〕猳說文牡豕也或从犬貑〔一一一〕獸如熊黃白文關西呼曰貑羆犌爾雅牛絶有力欣犌麚⿸鹿加說文牡鹿以夏至解角或作⿸鹿加⿰犭哥玃也鳴鴚鴐鳥名廣雅鴚鵞鴈也或作鴚鴐亦書作駕⿰言加誣也⿱加米米也⿱加虫米中黑蟲椵因械也通作枷駕闕人名左氏傳

[二三] 杈 [二四] 剠 [二五] 牙 牡 [二六] 八 [二七] 齵

有榮鴐鵝 𪎊 𪎊支穀名 砎 石名 𧃩 艸名 泇 水名 腵 腸病 螌 蟲名螌蟆蛙類 𥝱 禾也 瑕 垂瑕地名 ○雅鴉鵶 於加切說文楚烏也一名鸒一名卑居秦謂之雅或作鴉鵶文十八 烏 烏秅西域國名去長安九千九百五十里 錏鐚 說文錏鍜頸鎧也或作鐚 亞 伊優亞者辭未定東方朔說 𡪧 𡪧奈不正 跒 岐道 椏 方言江湅謂樹岐爲杈[二三]椏 𣢞 氣逆 丫 物之岐[二二]頭者 𥑮 土不平謂之𥑮一曰石名 𠜾 博雅刎[二四]也一曰到也 孲 孲犽赤子 啞 啞嘔小兒學言 俹 傲也 婭 婭姹態也 ○牙䂢[二五] 牛加切說文牡齒也象上下相錯之形古作䂢牙一曰旗名[二六]文十九 齖 齖齵[二七]齒不正 芽 說文萌芽 忬 忢忬伏態 枒 說文木也一曰

[二八] 輞 [二九] 杈 [三一] 尾 [三二] 罝 [三三] 䕸 [三四] 䮁 [三五] 苿釫鋘臿

車輞[二八]會亦通作牙 䄠 稷也 𢪘 技𢪘[二九]不正 吾 允吾縣名在金城郡 郚 縣[三〇]名在馮翊 衙 彭衙地名一曰古者軍行有牙尊者所在後人因以所治爲衙又姓 犽 獸名似䍦[三一]而長 犽 吳人謂赤子曰孲犽 雅 人名尚書有君雅通作牙 疨 痄疨病甚 笌 筍也 䍜[三二] 兔罟 厊 庌厊不齊 涯 涘也 ○華䕸[三三] 胡瓜切說文榮也古作䕸 文二十三 崋 山名通作華 驊䮁[三四] 駿馬名或作䮁 譁嘩 讙也或从口 鷨𩀨 山雉名或从隹 蝆 大蛇名善噉小蛇 苿[三五]釫鋘鏵 說文兩刃臿也从木丫象形宋魏曰苿或作釫鋘鏵 划找 舟進竿謂之划或从手 侉 怯也痛也 樺 木名 䅿 禾盛也 𢣣 心侈也 攨 寬也 䖘 蟲名蝦蟇也 燊 熾也

【一二六】蘤

【一二七】誕

【一二八】備

【一三〇】「之」

【一三一】㼌

○譁呼瓜切說文讙也文十一　華花蘤【一二六】爾雅華荂也或从化亦作蘤　𠤎變也　蛙蟲名蝦蟇也　謣譍也　蔿博雅譌也　⿰扌化撝也　⿰忄瓜夸誕也【一二七】

吪口開　○誇【一二九】⿱夸言枯瓜切說文譀也古作⿱夸言通作夸文十八　侉說文備詞也【一二八】

夸夲說文奢也或作夲　荂榮也　姱奢皃一曰好也　⿰身夸⿰身夸骫體柔通作夸　鮬魚名　胯股間　恗心自大也　跨吴人謂大坐曰跨　⿰石夸磐石

⿰骨咼⿰骨化⿰骨咼骼上骨　晇闕人名郝妻叔術子晇　⿰亻瓜⿱艹㼌⿰亻瓜邪離絕之【一三〇】皃或作⿱艹㼌

婐女侍也　○瓜姑華切說文㼌【一三一】也俗作苽非是文二十三　抓引也擊也　𧿠

踻足理文或从咼　腡手指文　瘑病也　婐女侍也　歄弱皃　媧

【一三二】「文」

【一三三】⿰馬㒳

【一三四】蠃

【一三五】衺

【一三六】漥

【一三七】⿰化欠

古之神聖女亦姓　緺綬青紫色文【一三二】　騧⿰馬㒳【一三三】䯄說文黃馬黑喙籀从㒳或作䯄　蝸

蟲名說文蝸蠃【一三四】也　渦水名在淮陽　⿰女瓜女名　⿰咼頁短頭也　柧棱也　⿰目咼

⿰目瓜目也或作⿰目瓜　⿰瓜刂割也　胍胍肚腹大　⿰亻瓜⿰亻瓜邪離絕皃　○窊

⿱穴㼌溛烏瓜切說文污衺【一三五】下也亦作⿱穴㼌或从水文十八　夵說文夵大也　窐說文

甑空也　⿰目瓜⿰目瓜留地名在絳　洼⿰氵亞說文深池也一曰曲也或从亞　窪【一三六】說文清水

也一曰窊也　鼃蛙蟲名說文蝦蟇也或从虫　汙鑿地也禮有汙尊　搲手捉

物　哇淫樂　⿱雨洼蹄涔也　抓博雅引也　呱兒啼　⿰月窊⿰月窊臞臚腹下肉

○⿰化欠【一三七】⿰瓜欠吾瓜切歄⿰化欠弱皃或从瓜文六　⿰骨化⿰骨化⿰骨咼骼上骨　譁譌方言化也

〔一三八〕妮　〔一三九〕咩　〔一四〇〕儸傶

或作嬀姽〔一三八〕婢也一曰身弱皃○苛黑嗟切辨察也鄭康成曰苛其出入文一○咩〔一三九〕彌嗟切苴咩城名在雲南文一○挼儒邪切挼也關中語文一○抯祖加切折也周禮凡揉牙內不抯李軌說文一○〔一四〇〕䃎七邪切石也文一○查才邪切大口皃文一○儸利遮切儸傶健而不德文三囉囉嗻多言⿰月羅驢腹下肉

十〔一〕○陽⿰阝易余章切說文高明也又姓古作⿰阝易〔二〕文五十六易說文開也一曰飛揚一曰長也一曰彊者衆皃暘湯說文日出也引書暘谷或作湯通作陽崵說文崵山在遼西一曰嵎銕崵谷也一曰首崵山在洛陽煬烊爍金也或作烊揚敭說文飛舉也又州名古作敭徉廣雅彷徉徙倚也佯弱也詳詐也通作佯諹

〔三〕嫈　〔四〕鐊　〔五〕癕　〔七〕⿰商鳥　〔八〕鮦

譽也讙也愓方言婬〔三〕愓游也⿰多羊多也羏美善也通作洋洋洋洋盛大也眻暘眉間曰眻一曰目美也或作暘通作揚鍚錫說文馬頭飾也引詩鉤膺鏤鍚〔四〕一曰鍱車輪鐵或作錫通作鐊瘍痒瘍傷說文頭創也〔六〕一曰創癰〔五〕也或作痒瘍傷颺說文風所飛揚也瑒玉名輰博雅輰轅柳車也楊說文木也又姓样方言槌齊謂之样⿱楊皿杯也⿱艹昜艸名⿱艹羊⿱艹羊⿱艹昜藥艸鴹⿰鹵鳥〔七〕鴹鳥名舞則將雨通作羊鸉鶍鳥名爾雅鸉白鷢似鷹尾上白或作鶍羊說文祥也从𦍌象頭角足尾之形孔子曰牛羊之字以形舉也蛘蟲名垟墳垟土怪⿰馬昜馬名鰑魚名鱧〔八〕也禓說文道上祭將雜名周禮伯用將劉昌宗讀霷十月為霷通作

〔二〕也
〔三〕汸

陽篖博雅𥳑篖符篖也⿰革昜〔二〕鞤鞇⿱艹楊艸名⿱⺮羊竹名⿰弓羊弓曲⿰昜戈
戈也勨勸也也眻眻明也或从样⿱昜灬〔詠〕爍婸〔詃〕字○芳敷方
切說文香艸也又姓文七妨彷㤃說文害也或作彷㤃淓汸山海經〔漢〕尾之山淓
水出焉或从方雱雱雱雪皃○方汸放舫分房切說文併船也象兩〔舟〕省或
从水亦作放舫方一曰矩也道也類也且也亦姓文二十四⿰鼠方地鼠坊埅說文邑里
之名或从防邡說文什邡廣漢縣肪說文肥也趽曲脛也鈁說文
方鍾也博雅㽅謂之鈁一曰鑊屬祊周禮祭四方之名枋說文木可作車一說蜀人
以木偃魚曰枋⿰禾方禾名牥牛名日行二百里能行流沙中鶭⿰方隹鳥名說文⿰馬方澤

集韻卷三　平聲三

四四九

集韻校本

四五〇

虞也字林鶭鴋人面鳥身或从隹蚄虸蚄蟲名食苗者防比也通作方匚
匚𠥓說文受物之器古作匚籀作𠥓閍巷門⿱⺮方竹器○房符方切說
文室在旁也又姓古書作防文十三防埅坊說文隄也或作埅坊又地名汸水名
仿彷彷徉徙倚或从彳通作方方方與縣名在山陽郡〔一五〕鶭雃鳥名澤虞也或
从隹魴鰟說文赤尾魚或从旁肪脂也○亡亾武方切說文逃也一曰無
也或作亾文二十一妄無也禮〔妄〕〔一六〕常以儒相詬病忘說文不識也朚翌也忘也
望在外望其還也〔一七〕朢𦣞月滿與日相朢也或省邙洛陽北山名一曰縣名在
沛⿱山忘山名杗說文棟也引爾雅杗廇謂之梁芒說文艸耑杧秥稻稃

〔一六〕吉
〔一七〕朢

〔一九〕出

〔二〇〕盭

〔二一〕褱 𧟟 饟

〔二二〕右

〔二四〕米

也或从芒 莣 艸名說文杜榮也似茅可為繩一曰莣憂萱也 𧬄 責望也 硭 硭硝

藥石山〔一九〕石中採之布於芒上沃以水以盎覆之經宿飛著盎故曰硭硝其布於木皮曰朴硝通作芒 鋩 刃端〔二〇〕

罔 汪罔氏長狄之君 邟 郡名一曰鄉名在藍田 汒 谿名在盭厔 ○

襄𧟟饟 思將切說文漢令云解衣耕謂之襄一曰除也上也駕也成也篆作𧟟古作饟 文二十二

緗 淺黃色 纕 佩帶一曰馬腹帶 瓖 玉名一曰馬帶玦 驤 說文馬之〔二二〕低卬也一曰馬後石足〔二三〕白

儴 爾雅因也 𢓴 儴徉逍遙也一曰行皃 相 說文省視也引易地可觀者莫可觀於木引詩相鼠有皮

楿 及也 欀 木名出交趾皮中有物如木〔二四〕屑之可食

廂 廡也 箱 說文大車牝服一曰竹器 蘘葙 青蘘藥艸或从

〔二五〕囊

〔二七〕宋

〔二八〕歫 槍

〔二九〕銎

〔三〇〕鸉

相 瀼 水皃通作襄〔二五〕 湘 說文水出零陵陽海山北入〔二六〕江 鑲 兵器 𢿭 紱也

蠰 蟷蠰蟲名蜣蜋也 倡 狂也太玄物咸倜倡未〔二七〕東讀 ○ 瑲鏘鎗創 千羊切說文玉聲也引詩鞗革有瑲一曰樂聲或作鏘鎗創文二十五

將 請也 槍𥢶 說文距〔二八〕也一曰剡木傷盜曰槍或从矛

蹌牄 說文動也一曰舞皃古作牄〔二九〕 蹡 說文行皃引詩管磬蹡蹡或書作蹡

謒 語輕也 斨 說文方銎斧也引詩又缺我斨

鶬 說文鳥獸來食聲也引虞書鳥獸牄牄或从鳥 嶈 山高皃 鸉〔三〇〕鶬 傷也亦从倉

搶 集也突也莊子搶榆枋 嗆 鳥食也一曰愚皃 篬箐 竹名或作箐

𪘲 小齒 𩓞 額也 鶬 鳥名 𨶒 門聲 ○ 將 資良切有漸之詞一曰且

〔三一〕戕戕　〔三二〕執羊

〔三三〕般

〔三四〕廧

也大也領也送也文十三𢪛摪說文扶也或作摪通作將槳柯也或書作槳牀

𣲽漿說文酢漿也古作𣲽或作漿〔三一〕蔣艸名說文苽蔣也螿蟬屬鱂

鰪鱂魚名䈇席也戕戕戕〔三一〕檝也摯〔三二〕亭名○詳徐羊切說文審議也文十

七祥說文福也〔三三〕一曰善也佯弱也𡛗女鬼一曰㦀也庠說文禮官養老

夏曰校殷〔三三〕曰庠周曰序痒說文瘍也翔鴹說文回飛也或从鳥𨀁趨行也通

作翔𡵪山名洋說文水出齊臨朐高山東北入鉅定一曰洋洋水盛皃𦬕菜名

䍧多也禓道上祭樣槌也嬙女字〔三四〕眻明也○牆𤖹

墻墻慈良切說文垣蔽也牆作牆牆或作墻文十六廧廧廧咎如赤狄別種或省

〔三五〕牀

〔三七〕𧶜𧶠𠻳𧷸𧷸𧷸從

〔三八〕長

〔三九〕坻塲

〔四十〕蜉壤　〔四一〕蔏

檣艢牀〔三五〕埋倉驅社也或作艢牀戕說文槍也春秋傳自外曰戕𡸁說文

山峻〔三六〕也嬙婦官也〔三七〕蘠薔艸名說文蘠靡虋冬也或省佯弱也奘

妄強犬也○商𧶜𧶠𠻳𧷸𧷸𧷸尸羊切說文从外知內也一曰

刻也一曰契所封地名亦姓一曰徵音之所生古作𧶜𧶠𠻳𧷸𧷸𧷸作𧶜文四十三賫說文行賈

也通作商觴䤮䵮說文觶實曰觴虛曰觶或从酉𧶜作䵮傷說文創也慯

痛也憂也通作傷殤說〔三八〕文不成人也年十九至十六死爲上殤十五至十二死爲中殤十一至

八歲死爲下殤鍚說文傷也禓禓強鬼〔三九〕也一曰祭名或作禓場塲暘蝪

方言蚍〔四十〕蜉犂鼠之塲謂之坻〔三九〕塲〔四十〕一曰浮壤或作場暘蝪湯𣹢湯湯水流皃或作湯蔏〔四一〕

【四三】蜉　【四四】蝪　【四五】汈　【四七】出　【四八】珫　【四九】裮被　【五〇】鯸　【五一】蠃

䵼鬺䰜說文煑也或作䵼鬺䰜鷵【四二】黑也饟餉餳𩜆饁也或作餉餳𩜆痬𤺥憂疾或从商蔏艸名蔏蔞蒿也一曰蔏陸馬尾𪄪𪄪鶵鳥名一曰𪄪鶬鶩黄螪蟲名爾雅蜉【四三】螪何一曰蜥蝪【四四】類愓愓愓行直疾皃【四五】煬謚也魯有煬公徐邈說蠰【四七】蟲名爾雅蠰齧桑似天牛踼蹩踼驚動皃汷水名滳水名○昌㫐【四六】蚩良切說文美言也一曰日光也引詩東方昌矣又州名亦姓籀作㫐文十六倡娼樂也或从女閶閶【四九】說文天門也楚人名門曰閶闔或作閶琩琩玩【四八】蠻夷充耳裮帽博雅披裮不帶也或从巾猖猖狂也菖菖蒲艸名蓀也通作昌鯧鯧鯸【五〇】魚名鶬廣雅鶬鳳皇屬稆穛也淐水名蜎小蠃【五一】○章諸良

【五二】暲　【五四】／周　【五六】嘗　之味

切說文樂竟爲一章从音从十十數之終也一曰采也亦姓【五三】文二十二障【五二】日光上進皃彰說文文彰也嫜傽夫之兄曰兄嫜或从人遧週遧迲也傽【五五】傽偟行正慞慞惶懼也璋說文剡上爲圭半圭爲璋引禮六幣圭以馬璋以皮璧以帛琮以錦琥以繡璜以黼墇障𢊁壅也或作障𢊁通作鄣鄣說文紀邑也䩨馬韉漳水名說文濁漳出上黨長子鹿谷山東入清漳清漳出沾山大要【五四】谷北入河南漳出南郡臨沮蔁說文艸也樟豫樟木名麞獐說文麇屬或从犬𪄀𪄀渠水雞也商度也尚書我商賚汝徐邈讀蔏蔏蓙艸名○常裳辰羊切說文下帬也或从衣常一曰天子旗名一曰久也又州名亦姓文十六嘗甞嘗【五六】說文口之味也一曰

〔五七〕尙

〔五八〕粱

〔五九〕禜

〔六〇〕髩　〔六一〕亂

〔六二〕惟　〔六三〕怯　〔六四〕腸

〔六五〕犀

〔六六〕袞

試也一曰秋祭名亦姓或作甞嘗尙主也漢官也〔五七〕書主大計徜博雅徜徉戲蕩也

償說文還也鋿鏛磨也一曰車輪繞鐵或从常鱨魚名說文揚也鸘

難鷞鸘鳥名或从隹〔五八〕⿱尚心人行五常也通作常瑺玉名⿱艹尚艸名○穰

如陽切說文黍梨已治者一曰豐也又姓文〔六〇〕二十七〔六一〕禳說文磔禳祀〔五九〕除癘殃也古者燧人禜子所

造儴因也鬤𣰶〔六二〕髮鬤鬤髮或从人毛攘𣪠襄說文推也古作〔六五〕𣪠襄孃

煩擾也一曰肥大懹恇懹怯遽也鑲說文作型中腸也一曰兵器纕說文

援臂也瓤𤬪瓤瓜中〔六三〕⿰襄阝說文今南陽穰縣是瀼䨾瀼瀼露也〔六四〕或作霹⿱艹釀

博雅釀蘸葙也蘘艸名說文蘘荷也一名葍蒩⿱⺮襄說文袤也一曰漉米竹器獽

〔六七〕⿱艹鼓

〔六八〕⿱艹鼓

〔六九〕後

〔七〇〕爽

〔七一〕色

〔七二〕

〔七三〕刅刃

〔七四〕牀

獸名猦屬也⿱艹鼓〔六七〕艸名可作縻綆蠰〔六八〕蟲名說文蟷蠰也⿰月襄秦晉謂肥曰⿰月襄壤

土也驤馬后〔六九〕足白也躟距躟行遽也勷𠢸勷遽皃○霜師莊切說文喪

也成物者文十一孀𡘍〔七〇〕也驦騻驌驦良馬〔七一〕名或从爽通作騻鷞鸘說文

鷫鷞也西方神鳥或从霜蠰蟲名爾雅蠰齧桑長角體有白點緗淺黃〔七二〕也湘

水名在零陵爽差也明也驤騯驤馬淺黃色○刅〔七三〕創刱⿰刅刂

戧初良切說文傷也从刃从一或作創刱⿰刅刂古作戧文十瘡痏也滄寒也瑲

玉聲愴悲也○莊⿰爿宾〔七四〕側羊切恭也爾雅六達之道謂之莊亦姓古作⿰爿宾俗作庄非是

文十妝娤糚粧說文飾也或作娤糚粧裝說文裹也⿰爿夫妄強犬也梉

〔七五〕楊州
〔七六〕也
〔七九〕値
〔八〇〕尢
〔八一〕[illegible]

木名似豫章其小似桃故生〔七六〕七年乃知⿱楊皿楊〔七五〕川謂杯爲⿱楊皿○牀床仕莊切說文安
身之坐者或作床〔七七〕文六霖漴霖〔七八〕霖急雨或作漴牂說文扶也疒病也○
張中良切說文施弓弦也一曰開也亦姓文七⿰言長譸⿰言長誑也通作張⿰目長目大
也餦餦餭餳也一曰餅也通作粻粻糧也漲水大皃倀狂也○
萇抽良切說文〔七九〕艸枝枝相植葉葉相當文四倀說文狂也一曰仆也一曰倀倀無見皃
瞠直視皃⿱長鼓鼓聲○長镸尢〔八〇〕兂仲良切說文久遠也古作镸兂
兂文十八⿰足長方言北燕〔八一〕之郊謂跪曰⿰足長腸脹說文大小腸也或作脹場⿰土長
暘說文祭神道也一曰田不耕一曰治穀田也或作塲暘⿰長瓦方言朝鮮洌水之間謂罃

〔八二〕鷄
〔八三〕[illegible]
〔八四〕笑
〔八五〕粱
〔八七〕颼

爲甈薚鷄〔八二〕薚菜也萇艸名說文萇楚銚弋一曰羊桃又姓⿰虫長蟲名博雅⿰虫長蠷蚰蜒
也倀狂也粻糧也⿱艸楊蓫⿱艸楊艸名一曰馬尾悵恨也○[illegible]〔八三〕良
[illegible][illegible][illegible]呂張切說文善也一曰甚也亦姓隸作良古作[illegible][illegible][illegible]文三十五筤〔八五〕博雅
筤謂之笑〔八四〕量量說文稱輕重也古作量糧粮說文穀也或作粮粱粱
說文米名或从禾梁⿰氵桼說文水橋也一曰梁棟古作⿰氵桼梁又國名〔八八〕亦姓涼說文薄也
亦州名〔八九〕凉〔八六〕薄寒曰凉颼颼說〔八七〕文北風謂之颼或从良⿸疒京說文事有不善〔九一〕言⿸疒京
也引爾雅諒薄也⿰貝京賦斂〔九〇〕也綡纚也⿰酉京博雅漿也通作涼⿰足梁〔九二〕跳⿰足梁
走也踉踉蹡欲行也悢悲也椋木名說文即來也⿰牛京說文牻牛也引

[九二] 犬鬣　[九三] 蜣
[九四] 亮　[九五] 梁
[九七] 香　[九八] 鄉
[九九] 从芊　㸅唯

春秋傳蜣椋 **駺** 山海經大[九二]封國有文馬縞身朱鬣名曰吉駺 **蜋** 蟲名[九三]爾雅蛣蜣蜋
輬 說文臥車也故遂為喪車合二名而呼之也 [九四]**亮諒** 信也或作諒 **粮** [九五]糧梁
也 **俍** 良工也 **䯬** 股内謂之䯬 ○**孃** 尼良切說文煩擾也一曰肥大也文
四 **瓤** 瓜實 **鑲** 兵器 **娘** 女字 ○**𪏓香薌** 虛良切[九六]說文芳[九七]也
曰穀气也引春秋傳黍稷馨香或省亦作薌文十 **皀** 穀之馨也象嘉穀在裹中之形 **鄉**
說文國離邑民所封鄉也嗇夫別治封圻之内六鄉六卿治之又姓 **膷** 牛之美者 **麘** 麝麘
獸名 **啍** 愚[九九]皃 **饗享** 享也或作享 ○**羌羗𢀜** 墟羊切說文西戎牧羊人
也从人[九九]南方蠻閩从虫北方狄从犬東方貉从豸西方羌从羊此六種也西南㸅人僬僥从人蓋在坤地

[一〇一] 觲　[一〇二] 薑
[一〇三] 歾　[一〇四] 紲
[一〇六] 蚚

頗有順理之性唯[一〇〇]倲夷从大大人也夷俗仁仁者壽有君子不死之國亦从犬又姓古作𢀜文七 **蜣**
𧌒 蜣蜋蟲名或作蜋 **慶** [一〇一]亂也通作羌 **溬** 水名 ○**薑薑** [一〇二]居良切說
文禦溼之菜或省文二十二 **畕** 說文比田也從二田 **畺疆𤳅壃彊** 說文
界也從畕三其界畫也或作疆𤳅壃彊 **姜** 說文神農居姜水以爲姓 **倞** 強也 **僵**
說文僨也 **殭** 凍凝 **殭** [一〇三]死不歾 **礓** 礫也 **橿** 說文枋也[一〇四]一曰鉏柄 **犟**
犟 說文牛長脊也或从姜 **繮韁** 說文馬紲也或从革 **𧓦** [一〇五]蠶白死 **葁**
山艸 **猄** 猄猄鶺行皃通作殭 ○**彊弜** [一〇六]渠良切說文弓有力也或作弜一曰勝也亦姓
文十二 **強𧔅** 蟲名說文蚚也籀作𧔅 **勥𢐈** 說文迫也古作𢐈 **䲔鯨**

【一〇九】貉
【一一〇】往
【一一一】蚟

大魚也或作鯨　蘠　蘠蒢艸名百合也　橿　扶持皃　漒　水名在河南　⿱強女　女字或書作嬶　○央　於良切說文中央也一曰久也文二十　殃䄃咊　說文咎也或从示古作咊　鞅　馬頸革　⿱央龜⿱央黽　龜屬或【一〇六】从黽　⿰魚央　魚名　鴦　說文鴛鴦也　咉　應聲　鉠　鈴聲謂之鉠　泱　說文滃也謂雲氣起皃一曰泱泱水深廣也　秧　說文禾若秧穰也一曰蒔謂之秧　霙【一〇七】　雲皃　佒　身傴謂之佒一曰樂也　胦　脖胦膪也　怏　怏然自【一〇八】大之意　狭　獸【一〇九】名狢也　紻　纓謂之紻　英　稻初生未移者　○王　雨方切說文天下所歸往也董仲舒曰古之造文者三畫而連其中謂之王三者天地人也而參通之者王也孔子曰一貫三爲王又姓文十　蚟　蟲名方言促織南楚謂之蚟【一一一】孫

【一一二】往
【一一三】餳　【一一四】匡　【一一五】飯
【一一六】戾　【一一七】鄆　郎
【一一八】隸　【一一九】蛀　【一二一】涯　涯　【一二二】隸
【一二三】惟　恇
【一二四】怯　【一二五】劻　狂　【一二六】髮　【一二七】崖
【一二八】軭　【一二九】戾　【一三〇】眶　頤　【一三一】框
【一三三】閶　【一三四】脏　【一三五】距
【一三六】㤮　恙

魱　魚名鮪也　徃　行遽皃　騜　馬黃白色　⿱羽王　翿也舞者執以祀星　往【一一二】　之也　惶　恐也　餭　餦餭【一一三】餳也　徨　彷徨往來　○匩筐匡【一一四】　曲王切說文飤【一一五】器筥也或从竹亦省匡一曰正也又地名亦姓文二十四　迋　妄也【一一六】【一一七】　邼郢　說文河東聞喜鄉隸【一一八】省　蛀【一一九】　大【一二〇】蝦　洭【一二一】洭　說文水出桂陽縣盧聚山洭浦關爲桂水【一二二】隸省　恇【一二三】恇　說文徃【一二四】也隸省　劻【一二五】⿰犭匡　劻勷遽也或作⿰犭匡　⿰髟匡【一二六】　⿰髟匡鬤髮亂　⿱艹匡【一二七】　方言隨也一曰艸名　軭【一二八】　車戾【一二九】謂之軭　眶【一三〇】頤　目厓或从頁　框【一三一】　𥎦門謂之框　軖　繀【一三二】輪　閶【一三三】　門周木也　脏【一三四】　腔也　距【一三五】趕　距蹟行遽或从走　○⿰犭㞷狂⿰忄㞷【一三六】　渠王切說文狾犬也一曰躁也隸作狂古作性或書作狀恙文十七　桂　汲具　汪　水皃　軠

〔三七〕紡　〔三八〕戾　〔三九〕㞷㞷　〔四〇〕框　〔四一〕柩　〔一〕錫　〔二〕倓　搪

說文方車也〔三七〕一曰一輪車 軭軖 說文車戾〔三八〕也或省 𩶜 大魚或書作鱑 鵟𤞤 鳥名鵖屬五色有冠者或从隹通作狂 㞷〔三九〕呈 艸木妄生古作跓〔四〇〕 迋 妄也應劭讀漢書迋吾兄也 俇 俇㑌惶遽也 抂 抂攘亂皃 框 柩〔四一〕也 ○㤮 俱王切狂也文一 ○卬 魚䒢切卬卬君德也文一

十一○唐

唐啺𣅳鶶 徒郎切說文大言也又國名亦姓古作啺𣅳鶶文六〔二〕十六 餹糖糛餳 方言餳〔一〕謂之餹或作糖糛餳 搪 方言張也 傏 挨也通作唐塘 踼 說文跌踼也一曰搶也 逷 過也 堂坣臺 說文殿也古〔三〕作坣𩫖从高省 隚 殿基謂之隚 鄌鄚 說文地名或省 塘 偃瀦也通作隚 磄

〔四〕熱　〔六〕杜　〔七〕橖　〔九〕毦　〔一〇〕鱄　〔一一〕鼅

磄礲㭋石 溏 濄溏淖也一曰池也 𤺅 滂𤺅凍相箸皃 煻 熱〔四〕灰謂之煻煨 闛 說文闛闛盛皃 闛閬 高門謂之闛〔五〕或从良 鎕 說文鎕銻火齊 瑭 博雅瑭㻔玉也 餹 小餅有耳者曰飳餹 蓎 艸名爾雅蓎蒙女蘿 篖 符篖竹席直文而粗者 棠 木名說文杜〔六〕曰棠牝曰杜或書作橖 榶 木名棣也通作唐 摚〔七〕 博雅距也 䉎 箠〔八〕也 𨎮𨏀轖 兵車也或从堂亦省 橖 車木 赯 赤色 鶶䧲 鳥名爾雅鷘鶶鶶似烏蒼白色或从隹 䮧 馬色 毻 博雅毻毦〔九〕罽也 𤛓犆 牛名或从堂 䶂 䶂䶂鼠屬一曰易腸鼠謂一月三易腸 𩸄 魚名〔一〇〕博雅魧𩸄魠也 螗 蜩螗蟲名蟬也 螳 螳蜋蟲名通作螗 蝪 蟲名爾〔一一〕雅王蛈蝪形似鼅鼄 隚 爾雅廟中路謂之隚通作唐

【一四】祜

【一七】常

【一八】鋃

【一九】題瓦

【二〇】熱

【二一】「西山」

蓎蕪荑一名蔽蓎　惕方言佚惕緩也　嵣岾嵣山名　禟祐【一四】也　鄌國名

糃精米　漟溪也　膅肥也　颵風皃　𧱽【一五】豕名　䅯蜀人謂黍曰䅯稆

碭石之有文者一【一六】曰山名　㜍𡡻女字亦从堂　○當【一七】都郎切說文田相值也文十八

儅倂儅不當也　襠裲襠衣名　璫充耳也　鐺說文銀鐺【一八】也

簹篔簹竹名　檔木名　譡忠言　𨏬車輞通作檔　𥢶粮𥢶禾皃

艡舭艡舟也　𤬪𤬪瓤瓜中也　䕝艸名　𧒆蟲名說文𧒆蠰不過也或書作蟷

𦗷𦢊耳下垂謂之𦗷或从肉　澢水也　瓽甌屬一曰題【一九】題謂之瓽溝　○

湯他郎切說文熱水【二〇】也又姓文二十三　蕩簜水名東至內黃澤西【二一】山或从竹通作湯

【二二】揬

【二八】水

膛肥皃　鏜鐺說文鍾鼓之聲引詩擊鼓其鏜一曰鐵貫物謂之鏜或从當　鼞

闛𩬜閶闣鞺說文鼓聲也引詩擊鼓其鼞或作闛𩬜閶闣鞺　瞠𥋶直視也或从棠

【二四】搪捘【二二】也　趤走皃　踼蹚跌【二三】踼行不正皃或从堂　盪滌器也

蝪王蛈蝪蟲名　薚募艸名爾雅蓫薚馬尾一曰蔏陸或省　倘止皃莊子倘然止

○郎盧當【二五】切說文魯亭也一曰官名亦姓文三十八　廊博雅康【二六】廊舍也　㝗

𥥢說文康也或从穴　閬高門也　躴長身也　哴號極無聲曰咣哴一曰兒【二七】啼不止

䀶目病　𣢺𣢺㰠貪皃　䯖博雅骩䯖骬也　踉踉蹡行皃一曰欲行

䡖𨍢䡖兵車　艆舟名　浪滄浪水名【二八】南入江一曰浪浪流皃　崀峻崀

〔二九〕瓊
〔三一〕㚘　〔三二〕采　〔三三〕節
〔三四〕羮腟
〔三五〕鳩
〔三六〕斫父
〔三七〕鄞羮　〔三八〕囊

山名冬至日所入　硠　說文石聲一曰硠硠堅也　琅瓊〔二九〕　說文琅玕似珠者一曰琅邪郡古作瓊俗作瑯非是　鋃　說文鋃鐺鎖也〔三〇〕　𥍞　說文矛屬　莨　說文艸也　蒗蒗　狼毒藥艸或从浪　筤　筤謂之宏一曰籃也　蓈稂　說文禾粟之采〔三二〕生而不成者謂之董〔三三〕節或从禾　桹　說文高木也一說桄桹屑之如麪可食　羮〔三四〕　腟也魯頌楚辭急就篇與房漿穅為韻　榔　賓榔木名　鵖　鵖〔三五〕鵖鳩也　狼　說文似犬銳頭白頰高前廣後亦姓　駺　馬尾白駺　鯅　蟹其雄曰鯅鱧　蜋　蟲名說文堂蜋也一名〔三六〕斫父　𢈋　高也　𤭛　器名　勆　有力也　鄞〔三七〕　不鄞邑名通作羮　○囊囊　奴當切說文橐也一曰有〔三八〕底曰囊無底曰橐亦姓隸作囊文十一　蠰蠰　蟷蠰蟲名螗蜋也或从囊　欜　木名　灢

集韻之二　平聲三　三三

〔四二〕牂　蘐
〔四三〕牸
〔四四〕箸
〔四七〕雱　〔四八〕岐

䨚　露盛皃詩零露瀼瀼徐邈讀或从雨〔四一〕　瓤　瓤瓤瓜瓣　孃　煩擾也　蘘蘐　牂〔四二〕蘘艸名皮可作絍古作蘐　○幫鞤　逋旁切治履邊也或作鞤〔四二〕縍鞤𤿭　文十二　𢱐　捍也並　𨢵觪　加杯酒曰𨢵或从角　彭　多皃詩行人彭彭　搒　掠也　犃　並將〔四三〕牛也　謗　毀也　○滂雱霶䨦　鋪郎切說文沛也或作雱霶䨦文十三　滂　滂〔四四〕塘凍相著皃　磅　隕石聲　膀　脹也　榜　木名　𣂄　〔四五〕說文量物溢也　𦝪　履編模也〔四六〕　㫄　旁礴混同也　𨛫　鄉名在鮦陽　鎊〔四七〕　削也　○旁旁㫄㫄𣃟方　蒲光切說文溥也〔四七〕爾雅二達謂之岐旁隸作旁古作㫄㫄籀作𣃟或作方文三十三　房　阿房秦宮名　傍徬　說文近也或从彳

集韻平聲三　三三

〔四九〕瑭　〔五〇〕玉

〔五二〕芒

愣 愣惶恐也 彷方 彷徉徘徊也或作方 膀髈 說文脅也或从骨 趽
足曲謂之趽 踍 踉踍欲行皃 鄚 說文汝南鮦陽亭 磅 隕石聲 耪
粩 博雅粩程穄也或从米 蒡 艸名爾雅蒡隱葱以蘇有毛可爲葅 篣 箕屬 騯
馬盛皃 螃 螃蜞蟖屬 瑭 瑭瓗〔四九〕玉〔五〇〕名 彭 壯也一曰彭亨驕滿皃玉篇說 盳
盳洋〔五一〕仰視皃 滂 水流聲漢書滂濞流潎郭璞讀 鬡 鬡鬤髮亂也 㪣 量溢者㪣
嫎 女字 ⿰弓旁⿰弓方 弦急也或省 ○ 芒茫 謨郎切芒芒廣大皃或从水芒又姓
文二十八 ⿰石亡⿰山亡硭 ⿰石亡碭山名或从山从芒通作芒 汒 谷名在京兆 邙 說文
河南洛陽北〔五二〕土山上邑 ⿰杗阝 鄉名在藍田 杗 梁也 ⿰巾荒⿰巾㐬⿰巾亡 周禮⿰巾荒氏掌湅

〔五三〕芒　〔五四〕⿰亡明
〔五五〕旱熱　〔五六〕蘉
〔五七〕言
〔五九〕𣜩
〔六〇〕桒　〔六一〕𡂤　〔六二〕亾
〔六三〕隸
〔六四〕倉
〔六五〕全

絲帛或省亦从亡〔五三〕 忙 心迫也 吂 問而不答曰言 ⿱亡明〔五四〕⿱亡朙 博雅遽也或作⿱亡朙
⿰目荒 目不明也〔五八〕 ⿰目㐬肓 暑〔五五〕熱也或省 蘉〔五六〕 勉也 ⿱宀⿰牛言 蘇〔五七〕也 莽 莽蒼艸野
之色 盳 盳洋仰視皃 統〔五九〕 絲曼延也 ⿰山莽 山名 ⿰忄芒 憂皃 ⿰田亡 曠野或書作亩
娏 女字 ○ 桑𣜩⿱桑木 蘇郎切說文蠶所食葉木也又姓古作𣜩籒作⿱桑木或書作
桒〔六〇〕文十四 㗼喪𡂤𡃹䘮 說〔六一〕文亡也从哭从亡會意隸作喪古作㗼〔六二〕𡂤
𡃹 騻騾 馬色黃尾白或从桑 ⿰糸喪纕 緗繏淺黃也或从襄 顙 頟也 ○ 倉
〔六三〕仺 千剛切說文穀藏也倉黃取而藏之故謂之倉又姓奇字作仺文十七 ⿷匚倉 說文古器
也 蒼⿱艸仓 說文艸色也又姓古作⿱艸仓 篬 竹色 滄⿰氵仓⿰氵苍凔 說文寒也古作

〔六六〕搶
〔六八〕䳭
〔七三〕嵅
〔七五〕鵃　指爪丶
〔七六〕人
〔七八〕弘

滄滄或从仌滄一曰水〔六六〕名亦州名鶬䳉鳥名說文麋鴰也或从隹牄牛名〔六七〕瑲
玉色槍〔六七〕槍攘鋸也䭚食也傖傖囊亂皃〔六九〕○臧匨㢴〔七〇〕茲郎切說
文善也又姓古作匨籒作㢴通作藏文十二〔七一〕贓受賕曰贓藏艸名似亂牂博雅
牂〔七二〕羝牂也〔七三〕牂將羘說文牝羊也或作將羘样槌也眻明也葬瘞也
○藏臧匨𦣪慈郎切說文匿也或作藏古作匨𦣪文八〔七四〕葬瘞也周禮以相
葬埋劉昌宗讀鑶鈴聲𣿉沒也𡾳岀藏山高○鴦於郎切鴦鴦匹鳥文
十九貏狭江〔七五〕東呼貉爲貏〔七六〕狭或从犬抰打也𪚐龜屬頭〔七七〕喙似鴟佒傴佒
體不申皃姎女人〔七六〕自稱映麐〔七八〕聲泱泱泱弘大也春秋傳泱泱乎大風一曰水深廣

〔七九〕𡆴
〔八〇〕㜲
〔八二〕晝宵
〔八四〕佷戾
〔八五〕疾
〔八六〕㝩
〔八七〕穴
〔八八〕映

皃央中央也一曰盡也鞅博雅鞅罔無賴也〔七九〕𩶐魚名善醒酒坱
塵埃也嫈〔八〇〕小心態胦脖胦臍也殃敗也鉠鉠鉠鈴聲秧栽也
一曰秧穰禾下葉多映〔八一〕映𥈎目皃○炕虛郎〔八二〕切張也爾雅守宮槐葉晝聶宵炕文七
㰠飲㰠貪皃䀮〔八三〕狼䀮南夷國名𪐁黑皃忼〔八四〕忼忼佷戾𦤚臭也瘖
气〔八五〕我○穅康糠粇丘岡切說文穀皮也古作康或作糠粇文二十七康〔八六〕
樂也爾雅道五達爲康又州名亦姓㱂說文飢虛也通作康康㝩說文屋㝩㝩也謂屋
閑〔八七〕或从穴𨻶槺𦬕虛也司馬相如作槺鄭康成作𦬕〔八八〕漮說文水虛也一曰水名在
伊闕甗㼩甗瓬陶器或从荒通作康䀭𥈎䀭目皃躿長身謂之躿躴邟

〔八九〕堽

〔九〇〕斷

城名在陽翟 砊 砊礚雷聲 ⿰虫康 ⿰虫康蛜蟲名蜻蛉也 炕 灼也 䃥 石聲 㟍

㟍崀山名在西羌 ⿰康阝 地名 慷 慷慨歎也或作忼 閌 門高皃 嫝

女字 ○岡 居郎切說文山脊也或書作罡通作阬俗作崗堽〔八九〕非是文二十九 剛 但

說文彊斷〔九〇〕也古作但或書作信 鋼 堅鐵 綱 松 說文維紘繩也古作松 䀭 說文

境也一曰陌也趙魏謂陌爲䀭 堈 隴也 亢 頏 肮 說文人頸也一曰咽也或从頁从肉

亢亦星名 掆 抗 扛 舉也或作抗扛 棡 橫牆木 苀 艸名葉似蒲叢生 犅

⿰牛亢 說文特牛也或从亢通作剛 迒 獸迹 魧 蚢 說文大貝也一曰魚膏或作蚢

笐 說文竹列也一曰弦加竹謂之笐 阬 地名 伉 剛正皃後漢書難經伉伉劉太

集韻平聲三　三八

〔九一〕寶 薁　〔九二〕瓶

〔九三〕卬

〔九四〕繫

常 ⿱艹岡 山海經小陘之山有艸名⿱艹岡〔九一〕葉如葵赤莖白華如蘡薁 瓬 甌 鋼 博雅〔九二〕鉼也

一曰大瓮爲瓬或作甌鋼 ⿰卬阝 縣名在潁川 ○卬〔九三〕 魚剛切說文望欲有所庶及也引詩

高山卬止一曰我也文十 昂 日升也一曰明也 ⿰革卬 說文⿰革卬角鞮屬 ⿰馬卬 ⿰馬卬⿰馬卬馬怒

皃一曰馬白腹謂之⿰馬卬 枊 〔九四〕馬柱 ⿰木昂 斜桷謂之飛⿰木昂 茚 說文昌蒲〔九五〕也益州云 仰

靈威仰青帝號 岇 岇藏山高皃 昂 舉目視 ○斻 航 杭 ⿰舟行 寒剛

切說文方舟也禮天子造舟諸侯維舟大夫方舟士特舟或从舟从木亦作⿰舟行通作桁文二十八 抗

舉也 邟 邑名在餘杭 沆 水流皃一曰渡也 行 列也左傳二十五人爲行 胻

脛也 桁 木在足曰械大械曰桁 ⿰亢羽 ⿰目行 ⿰亢鳥 鳥飛上曰⿰亢羽下曰⿰亢羽或作⿰目行⿰亢鳥通作頏

集韻平聲三　三九

〔九六〕膏　〔九七〕瓬　〔九八〕⿰黃亢　〔九九〕洼　〔一〇〇〕尣⿰尢隹　〔一〇一〕⿰禾芒

吭頏〔九六〕亢咽也或作頏亢通作肮迒踁說文獸迹也或作踁魧魚名博雅
魧鱐魠也一曰魚骨蚢紫蚢海貝一曰蟲名食葛者芫艸名爾雅芫東蠡筕
筕篖織竹也瓬〔九七〕博雅瓶也肮大脈謂之肮⿰黃亢〔九八〕黃也⿰忄行恍也妔
女字笐樂器有絃一曰竹名○洼〔九九〕汪烏光切說文深廣也一曰池也隸作汪又姓文
八〔一〇〇〕尣⿰尢隹說文尢曲脛也或作⿰尢隹洸水涌也眖眖眖目欲泣皃鷬
雉名其鳴自呼⿱巟女女字○巟⿰氵荒呼光切說文水廣也引易包巟用馮河或作⿰氵荒文三
十三荒說文蕪也一曰艸掩地也一曰遠也亦姓⿰禾荒⿰禾巟⿱艹⿰禾巟〔一〇一〕說文虛無食也一曰果不
熟爲⿰禾荒或作⿰禾巟⿱艹⿰禾巟謊說文夢言也⿰目巟⿰目荒目不明也一曰狼⿰目巟夷國名人能夜市金

〔一〇三〕治　〔一〇四〕充尻　〔一〇五〕⿰高頁　〔一〇七〕罃　〔一〇八〕炗⿱炗炗　〔一〇九〕洸

或作⿰目荒⿰忄巟慌博雅忘也或作慌肓說文心上鬲下也引春秋傳〔一〇二〕病在肓之下⿱巟皿
說文血也引春秋傳士刲羊亦無⿱巟皿也〔一〇三〕⿱巟巾⿱巟巾博雅⿱巟巾幞帳也或从巟⿰巾巟⿰巾荒⿰巾芒
說文設色之工治絲練者一曰⿰巾巟隅或从荒从芒⿰糸巟⿰糸荒說文絲曼延也或从荒⿰目巟
旱熱也⿰馬巟⿰馬荒說文馬奔也〔一〇四〕或从荒⿰巟瓦⿰荒瓦器也或从荒鄺姓也芒
歲在巳曰大芒駱通作荒⿱宀巟博雅居也通作巟⿱巟朙說文翌也⿰巟阝縣名⿰巟見
視也⿰犭荒〔一〇五〕狼屬⿰女荒〔一〇六〕女字○⿰骨光枯[illegible]切博雅⿰骨光⿰骨良⿰骨向也文三硄石聲⿰荒瓦
⿰荒瓦⿰巟瓦〔一〇七〕破罃○光炗〔一〇八〕⿱炗炗⿱𡗗火姑黃切說文明也又州名亦姓古作炗⿱炗炗⿱𡗗火或書作炛文
二十洸潢說文水涌光也引詩有洸有潰或作潢僙恍武也或作恍通作光〔一〇九〕
五

〔一〇〕下　〔一一〕桹

〔一二〕阜

〔一三〕闕

〔一四〕也　餈

〔一六〕皇

〔一七〕彳

〔一八〕鍠

侊盛也一曰小皃　胱膀胱〔一〇〕脅也　橫門名漢長安北有橫門　桄桄榔木名一曰舟前木也　垙陇晄陌也或从阜〔一二〕从田　輄軦車下橫木或从光通作桄　茪艸名爾雅薢茩芵茪郭璞曰芵明也一曰蔆也　䮲廣〔一三〕馬回毛在背曰闕䮲或作廣　珖玉名　闀門闀也　橫牀下橫木　姯女字　〔一五〕趪走皃○　黃灮胡光切說文地之色〔一四〕又姓亦州名古作灮文六十四　癀瘇疸病也或从皇　〔一六〕皇𦤸說文大也从自自始也始皇者三皇大君也亦姓古作𦤸　媓南楚謂母曰媓　趪走皃　僙武皃通作趪　遑偟說文急也一曰暇也或从人　徨徬徨彷〔一七〕徉也　惶說文恐也　喤說文小兒聲引詩其泣喤喤　鍠諻說文鍠聲也引詩鐘鼓鍠鍠或从音鍠一曰兵

〔一九〕雞　〔二一〕坒

〔二二〕池

〔二三〕皇　〔二四〕黄

瑝說文玉聲也　璜說文半璧也　翌說文樂舞以羽翿自翳其首以祀星辰也通作皇　簧說文笙中簧也古者女媧作簧　篁說文竹田也一曰竹名　𥟍　𥻆說文穄程也穄別名或从米〔二〇〕　穔野穀　餭餦餭餌也　〔一九〕煌熿𤒙說文煌煇也或从黃亦作𤒙　𩀖𩀗說文華榮也引爾雅𩀖華也古作𩀗　㞷𡉐說文艸木妄生也古作𡉐　堭墴博雅堂堭壂也或从黃　隍說文城池也有水曰池無水曰隍引易城復于隍　𨛦縣名在會稽　鄺古國名通作黃　潢說文〔二二〕積水也　湟說文水出金城臨羌塞外東〔二三〕入河　艎䑟艅艎吳大舟名或从黃通作皇　凰鷬爾雅鶠鳳其雌凰或从鳥通作皇　騜䮲爾雅馬黃白騜或从黃　獚狸〔二四〕博雅楚獚犬屬

[一二五]𦝺 [一二六]𣫆 [一二七]𦑣
[一二八]傳 横
[一三〇]徨 征
[一三一]瘍

或从皇通作黃鱑鰉魚名或从皇蝗蟲名說文𧕫也[一二七]蟥蟲名說文蟜蟥也𦞦𦢼病腫[一二五]或从允𣫆[一二六]卵中黃𪎭䊗𪎭麈或从米𤛫牛名鐄麋也鷬鸛鷬鳥名撗横艸名爾雅傳[一二八]横目一名縷艸或从木崲地名南史始寧郡有休崲湖磺石名葟博雅葟葟茂也○忹[一三〇]𧺪誑王切行征伀也或从走文二○瘡碤霜切瘍[一三一]也文一

集韻卷之三終

集韻平聲三